Janus M.

Glaubst du an die Lüge?

Gewidmet an die österreichische Leitkultur

Cover bei: Stefan Prodanovic

c/o easy-shop Kathrin Mothes
Schloßstraße 20
06869 Coswig (Anhalt)

ISBN 978-3-9505699-1-9

I

„Die Welt will betrogen sein – drum sei sie betrogen!

Hat Sebastian Brant recht oder ist diese Zeile nur ein Relikt vergessener Tage?"

„Meiner Meinung nach ist diese Aussage ein Relikt. Bei uns hat das Volk freien und unbegrenzten Zugang zu staatlichen Finanzbüchern, Protokollen, Plänen, Strategien oder Gesetzen, ohne mit der Wimper zu zucken. Transparenz ist das Fundament unserer Regierung und dass dies so ist, können wir seit über sechzig Jahren in unserer Geschichte nachverfolgen."

„Sehr gut zusammengefasst, wir leben wirklich in einer beinahe utopischen Zeit. Hiermit beende ich die Stunde. Weil ihr alle kurz vor dem Abschluss steht, schlage ich vor, dass wir in der nächsten Einheit über eure Zukunft in Bezug auf euren Beruf, euer Studium und so weiter sprechen. Schließlich ist der Zugang zu Informationen heute so frei wie noch nie und in eurem jungen Alter stehen euch alle Türen offen."

Gänsehaut überzieht meinen Körper beim Läuten der Glocke. Nachdenklich verlasse ich das Schulgebäude. Die Delamus, die ehemalige Hauptstraße welche heute nur als letzte Nebenroute gilt, erstreckt sich nach Süden durch das Industriegebiet, in dessen Herz stolz das Regierungsgebäude, das im Baustil der Altstadt angepasst ist, emporragt. Es ist angeblich der Schandfleck unserer Stadt Laea. Ich nehme im Bus Platz, der in Richtung meines Wohnviertels fährt. Im Zentrum blicke ich ein letztes Mal auf das Regierungsgebäude, bevor der Bus die Cardo in Richtung Norden nimmt. Die Istros und die bezaubernde Lacrima, der See inmitten des frei zugänglichen Erholungsparks, bilden die Grenze zu den Slums wo die Leute jeden Morgen umringt von Betonwänden aufstehen. Dort, wo sie den Gestank von verbranntem Schwefel und Phosphor einatmen und chlorhaltiges Wasser trinken, wo sie durch mondänes Grau und ohrenbetäubenden Lärm einer nach dem anderen in Depression und Hoffnungslosigkeit verfallen. Diesen Ort nenne ich mein Zuhause.

Diesen Aussagen kann man Gehör schenken, sie aber auch getrost ignorieren. Der Geruch von Schwefel und Phosphor steigt hier aus Thermalkratern auf, die nicht gerade schönen Wohnblöcke sind ein Produkt des großen Bevölkerungszuwachses und der Lärm kommt von der Abwesenheit natürlicher Schallabsorbierer. Trotzdem leben hier die meisten Stadtbewohner und Beschwerden über die Umstände gibt es keine. Neue Regierungspläne sehen eine Verschönerung und Kultivierung des Wohnviertels vor. Die Zukunft birgt Hoffnung und wirtschaftlichen Aufschwung.

In unserer Wohnung koche ich mir etwas. Nach Speis und Trank gehe ich in mein Zimmer, setze mich an meinen mit Unterlagen überfüllten Schreibtisch und lerne für die anstehende Prüfung. Dann ziehe ich meinen Pyjama an und denke über meine Zukunft nach. Was will ich nach dem Abschluss werden? Ohne eine Antwort darauf zu finden, driften meine Gedanken ab. Am nächsten Morgen finde ich einen Zettel mit der Frage: „Wie kann man ein Monster besiegen?" Habe ich das verfasst? Verwundert stecke ich die Notiz ein.

Während der alltäglichen Busfahrt befinde ich mich im Halbschlaf und interessiere mich nicht für die mir sattsam bekannte Außenwelt. Doch die gerade im Bus zu hörenden Regierungsparolen, das Fundament unserer Bevölkerung, hallen in mir nach:

Wahrheit durch Freiheit

Sicherheit durch Transparenz

Gerechtigkeit durch Fairness

Leicht hin und her schwankend steige ich aus. Ist es der zunehmend penetrante Geruch des Schwefels, oder die Nervosität vor der Prüfung? Ich setze mich im Klassenzimmer auf meinen Platz und kontrolliere meine Sachen. Obwohl es eine Prüfung wie jede andere ist, kann ich mich nicht konzentrieren, worauf ich auch mehrmals hingewiesen werde. Auf meinem Heimweg nehme ich den vergessenen Weg hinter dem Industriehafen zurück zum Wohnviertel. Der Wald hier ist fast komplett gerodet, aber die herabfallenden Blätter erzählen eine Geschichte über die Gründungstage der Stadt. Die Legende berichtet von einer erbitterten Schlacht mit unzähligen Verlusten auf beiden Seiten, bis abschließend der Befehl zum Abschlachten der Siedlungsbevölkerung kam. Ein Legionär weigerte sich jedoch und erwiderte, dass diese Schandtat nicht mit den Prinzipien seines Kriegsgottes Mars vereinbar sei. Daraufhin wurde er nackt an einen Schiffsbug gefesselt. Nachdem die Siedlung in Schutt und Asche gelegt worden war, stach die Armee in die See. In dieser Nacht breitete sich ein undurchdringlicher Nebel aus und es kam ein grauenvoller Sturm auf. Meterhohe Wellen zerschmetterten die gesamte Flotte und niemand bis auf den gefesselten Legionär überlebte. Als er ans Ufer geschwemmt wurde, brachte er Mars eine große Opfergabe dar und der Legionär begann daraufhin mit dem Siedlungsbau. Die Stadt wurde durch Schwefel-, Phosphor- und Erzvorkommen schnell zu einer wichtigen Handlungsstadt im römischen Reich.

Die Identität des Legionärs und die Zeit des Aufbaus der Stadt sind bis heute unbekannt. Vielleicht war es auch kein Legionär, sondern jemand ganz anderer. Keiner kann sagen, ob diese Geschichte wahr ist, oder nur die trügerische Illusion eines Dichters ist. Die ersten Aufzeichnungen der Stadt reichen in das späte Mittelalter zurück. Mit der Rodung des Waldes schwindet auch diese Legende.

Von einer Lichtung aus ist schon das Wohnungsviertel zu erkennen und doch ist mir dieser allvertraute Anblick heute fremd. Was ist nur mit mir los? Zwischen den subtilen Betonwänden driften meine Gedanken immer wieder ab, zu der alten Legende und den darüber kursierenden Gerüchten. Am Boden liegend finde ich mich wieder. Einen kurzen Moment lang schließe ich die Augen und spüre keine Schmerzen. Als ich wieder das Tageslicht sehe, bemerke ich ein unbekanntes Symbol an einer Hausmauer unterhalb einer Fensterbank. Es besteht aus zwei stark vereinfacht dargestellten geraden Flammen, die zu einer Acht geformt sind, davor befindet sich, leicht schräg, in einem 35°-Winkel, eine Sanduhr, welche auf einer Seite einen Riss zu haben scheint. Da die Wohnblöcke mehr als vierzig Jahre alt sind, kann dieses Symbol schon viele Tage überdauert haben. Warum bringt man eine solche Zeichnung an so einem eigenartigen Platz an? Wahrscheinlich war es einfach nur eine Markierung für Kinder, welche jetzt vielleicht schon selber Kinder haben. Verwundert darüber, folge ich weiter dem Weg zu meinem Wohnblock. In meinem Zimmer greife ich zu Kopfhörern und überlege gleichzeitig, was ich noch alles neben der Schule unternehmen will. Vielleicht einen gemütlichen Abend im Freundeskreis an der Flusspromenade verbringen, ins Kino gehen oder doch einfach Zeit für mich selber nehmen? Vielleicht auch endlich dieses Buch fertig lesen oder die Serie anschauen, welche von so vielen empfohlen wird. Wieder einmal trainieren oder meine innere Ruhe finden. Ich schaffe es nicht, den Gedankenwirrwarr zu ordnen. In diesen Delirium, kommen mir immer wieder die Ereignisse des Tages in den Sinn, die Busfahrt in der Früh, als die Parolen der Regierung so eindringlich in meinen Ohren widerhallten, meine abwesende Anwesenheit bei der Prüfung und die Gedanken an die alte Legende im Wald. Es fühlt sich alles so fremd an, mit einem Hauch von Melancholie. Doch mein gedankenverlorener Zustand wird durch den Geruch von frisch zubereitetem Abendessen und einem Ruf aus der Küche unterbrochen. Ich stoppe die Musik und schließe die Tür hinter mir.

Leicht erschöpft starte ich meinen Tag und spule mechanisch meine Morgenroutine ab. In der Schule angekommen sticht mir der Geruch von Schwefel stärker als üblich in die Nase, auch das Wasser hat einen deutlichen Beigeschmack von Chlor. Trotzdem merke ich, wie meine Morgenerschöpfung nachlässt und ich besonders konzentriert in den bekannten Klassenraum eintrete. Uns war angeboten worden, die große weiße Wand gleich links neben der Tür zu dekorieren, aber natürlich ist dem niemand nachgekommen. Hinten bauen sich die Spinde und das Pinboard auf und daran schließt die Fensterfront an, mit sehr alten und teils ersetzten Fenstern. Der Blick in den Himmel weckt in mir das Verlangen, frische Luft einzuatmen. Ich setze mich in die zweite Reihe, von wo aus ich einen guten Blick auf die Tafel habe. Die Stunden vergehen sehr schleppend und ich will einfach nur noch hinaus in die Stadt, um einen angenehmen Abend mit meinen Freunden zu verbringen. Als die Glocke läutet, mache ich einen kurzen Abstecher in die Fußgängerzone, wo ich wieder einen verstärkten Geruch von Schwefel bemerke und zu meiner Verwunderung auf einmal den Straßenverkehr auf der sonst geräuschlosen Delamus höre. Ein Blick auf die Fassaden, der verschiedenen Gebäude, lässt das sonst so kräftige Farbspiel ausgebleicht und verkommen zurück, es lassen sich sogar leichte Risse an den Wände erkennen. Ich beschleunige meine Schritte in Richtung Flusspromenade, um nicht noch mehr Zeit zu verschwenden.

Im Lokal angekommen, nehmen die Gespräche ihren Lauf. Der Geruch des Schwefels ist kaum noch wahrnehmbar und mein Blick schweift die ganze Zeit hin und her. Im nächsten Augenblick höre ich die Stimmen meiner Freunde nur als leises Summen und meine Gedanken sind wieder bei den durchdringenden Regierungsparolen und der Gründungslegende. Ich verliere das Gefühl für die fortschreitende Zeit. Plötzlich stupst mich meine Sitznachbarin an und reißt mich aus meinen Gedanken. Ich starre mein Gegenüber abwesend an. Daraufhin erklingt die Frage, was ich nach der Schule eigentlich machen will. Ich sammle mich kurz und antworte, dass ich, obwohl ich mir schon viele Gedanken darüber gemacht habe, noch nicht sicher bin.

Wir verabschieden uns und ich werde auf meine komplette geistige Abwesenheit während unseres Treffens hingewiesen und gefragt, ob ich vielleicht krank sei und wie es mit der restlichen Woche ausschauen wird. Mit einem lässigen „Es passt schon", trete ich meine verunsichert Heimreise an.

Erholt beginne ich den nächsten Tag und die Überlegung, heute zuhause zu bleiben, verschwindet. In der Schule angekommen, schaffe ich es trotzdem nicht, konzentriert mitzuarbeiten. Ich sitze vielmehr komplett abwesend ohne jegliche Regung an meinem Platz. Nach einem halben Tag werde ich für die restliche Woche nach Hause geschickt. Verwirrt und doch mit Verständnis für die Entscheidung, begebe ich mich auf den Heimweg, doch anstatt den Bus zu unserem Wohnviertel zu nehmen, fahre ich in Richtung Hafen, um erneut durch den schwindenden Wald zu gehen. Wieder denke ich an die Legende und als ich bei der Lichtung die ersten Häuser sehe, schaue ich mich um. Ich fühle mich beobachtet. Nach einem kurzen Sicherheitsblick gehe ich schulterzuckend weiter.

Zu Hause drehe ich Musik auf und merke, dass meine Finger instinktiv immer auf dasselbe Stück tippen. Die letzten Tage habe ich unbewusst immer dieselben Tonfolgen gehört. Jetzt versuche ich mich ganz bewusst auf den Text des Liedes zu konzentrieren. Es hallen zwei Sätze in meinem Gehör nach:

Glaubst du an die Lügen?

Deine Zeit läuft ab!

Ich drehe die Musik ab und gehe zu meinem Bücherregal. Dort greife ich zu meinem liebsten Klassiker, welchen ich schon mehrere Male gelesen habe. Doch ich lege ihn schon nach einigen Seiten zurück, weil ich sehe, dass sich auf meinen Schreibtisch die geliehenen Bücher aus der Bibliothek stapeln. Ganz oben liegt ein Werk über das antike Rom mit dem Titel „Roms faszinierendes Imperium“. Es ist ein Geschichtsbuch über den Aufstieg und Fall Roms mit Einblick in die Kulte und Religion dieser Epoche. Auch wenn ich schon viel über die Antike gelernt habe, schaffe ich es nicht, das Buch zurückzulegen. Irgendetwas hindert mich daran, eine Aura strahlt von den bedruckten Seiten aus. Ich schlage das Buch auf und blicke in das Inhaltsverzeichnis. Die Kapitel sind nach den zeitlich aufeinander folgenden Ereignissen geordnet, hinzu kommt ein Abschnitt über die Armee und wichtige Legionäre, dann wird die damalige Religion mit der des antiken Griechenlandes verglichen. Es folgt ein Kapitel über diverse Kulte und abschließend das Quellenverzeichnis und ein Index. Auf den ersten Blick sieht es aus wie ein ganz normales Geschichtsbuch.

Mir ist nicht nach Großereignissen und deswegen springe ich gleich zum Kapitel über die Religion. Zu meiner Verwunderung werden nicht zuerst die verschiedenen Götter und deren Vorläufern bei den Griechen aufgelistet, sondern es geht zuallererst um den Sonnengott Sol und das Fest, das zu Ehren des „Sol Invictus“ gefeiert wurde, welches später das Datum für Christi Geburt wurde, wodurch die Kirche die Heiden zum Glauben an den einen Gott bekehren wollte. Viel Neues erfahre ich nicht, trotzdem kehren meinen Gedanken immer wieder zu Sol zurück. Er war so mächtig, dass die Christen ihren eigenen Feiertag auf seinen Ehrentag verlegten. Erschöpft lege ich mich hin, doch mein Gehirn erinnert mich immer wieder an die gehörten Liedphrasen:

Glaubst du an die Lügen?

Deine Zeit läuft ab!

Sol will sich scheinbar auch nicht zur Ruhe legen.

Durchgeschwitzt und dehydriert erwache ich, als am Morgen mein Wecker läutet, welchen ich vergessen habe abzustellen. Nach einem stärkenden Tee versuche ich die Ereignisse dieser Woche zu reflektieren. Ich denke an die geographische Beschaffenheit der Stadt, an den Gestank des Schwefels, das chlorverpestete Wasser, den penetranten Lärm des Verkehrs, die verblassenden Fassaden und das stolz emporragende Regierungsgebäude. Doch immer größere Aufmerksamkeit nehmen die Liedphrasen ein, die sich von Tag zu Tag ändern, die mich von Schlafen abhalten wollen und denen ich eine zu große Bedeutung beimesse.

Habe ich wirklich so schöne Zukunftsaussichten oder sind es nur haltlose Hoffnungen?

Bietet sich mir wirklich eine Fülle von Berufsmöglichkeiten oder sind das nur die letzten Anzeichen einer zerbrechenden Wirtschaft hinter strahlenden Trugbildern?

Ist der Zugang zu Informationen so frei wie noch nie oder ist es doch nur der Zugang zum Zensieren.

Stehen mir wirklich alle Türen offen oder sind das
nur Öffnungen zu einem unbetretbaren Pfad?

Schockiert von meinen Überlegungen, setze ich mich an den Schreibtisch, greife schnell zu dem Klassiker von gestern und beginne unruhig zu lesen, dieses Mal ohne nach nur wenigen Zeilen abzubrechen.

Ich verliere erneut das Gefühl für die Zeit. Ich starre in das offene Buch und die Zeilen brennen sich mir ins Gehirn ein. Doch je intensiver ich mich auf die Buchstaben konzentriere, umso mehr zerfließen sie vor meinen Augen. Mit einem Ruck erwache ich aus meiner Trance. Meine Eltern berichten mir, dass ich kopfüber auf das Buch gefallen sei. Wieder machen mir Konzentrationsmangel und Abwesenheit zu schaffen, was ist nur los mit mir, wie kann es sein, dass ich nur noch die Aufmerksamkeitspanne einer Fliege besitze?

Ein Blick auf die Uhr zeigt mir, dass es spät am Abend ist. Ich lasse das aufgeschlagene Buch sinken und versuche, den Nebel meiner Gedanken durch Meditation zu lichten. Doch wieder ist das Ergebnis nur ein unkonzentriertes Umherschweifen der Gedanken. Immer wieder flackern vor meinem geistigen Auge einzelne Sätze auf, die ich zu entziffern und niederzuschreiben versuche. Nach gefühlten Äonen endet das Geräusch des über das Papier gleitenden Stifts und der Zettel offenbart mir die Zeilen:

Wahrheit durch Freiheit

Sicherheit durch Transparenz

Gerechtigkeit durch Fairness

Glaubst du an die Lügen?

Deine Zeit läuft ab!

Rom

Die schockierenden Widersprüche meiner Situation werden mit bewusst. Während Schweiß meinen Rücken hinunterläuft, sitze ich in meinem Sessel und fühle mich gefangen in einem zeitlosen Raum voller Stille. Unterbewusst befreie ich mich aus meinem ankettenden Sessel und lege mich ins Bett. Obwohl ich erneut einen Gedächtnisriss erlebe, stehe ich erstaunlich ausgeruht auf. Doch auf einmal bekomme ich es mit der Angst zu tun, existiert der Zettel tatsächlich oder war alles nur ein schlechter Traum? Zitternd bewege ich mich zum Schreibtisch und erkenne dort die Umrisse des Papiers, doch ich wage nicht, einen Blick darauf zu werfen. Also war es kein Traum, sondern Realität. Ich erkenne die Wörter und bleibe für einen Moment regungslos. Ich rase aus dem Zimmer und bereite mir mein Frühstück schlampig zu.

Wie soll es weitergehen? Am besten wäre es, den Zettel zu verbrennen, zum Arzt zu gehen und nie wieder daran zu denken. Ich wische mir den Schweiß von der Stirn. Zurück in meinem Zimmer, nehme ich ein Feuerzeug und bewege mich vorsichtig zum Schreibtisch. Zögernd strecke ich meine Hand aus, aber ab einem gewissen Punkt schaffe ich keinen Millimeter mehr. Etwas hindert mich daran, dieses Stück Papier zu vernichten. Mit letzter Kraft lege ich das Feuerzeug auf dem Tisch, greife mit beiden Händen nach dem Zettel und lege ihn in die Schublade. Wieder in der Küche, denke ich über mein weiteres Vorgehen nach. Da ich es ja offensichtlich nicht schaffe, das Papier zu vernichten, muss ich eine andere Möglichkeit in Erwägung ziehen. Zurück im Zimmer öffne ich die Schublade und in einem kurzen Moment vollen Bewusstseins betrachte ich die einzelnen Phrasen genauer. Ich weiß, dass ich mich nicht vor meinen Ängsten verstecken kann. Ich schreibe auf ein Blatt vier Fragen, mit denen ich konfrontiert bin:

> „Wie stelle ich mir meine Zukunft vor?
>
> Welche Berufsmöglichkeiten habe ich wirklich, nachdem die Schule abgeschlossen sein wird, oder gibt es irgendein Studium, welches mich interessiert?
>
> Wie frei ist der Zugang zu neutralen Informationen?

Welche Türen stehen mir offen und welche könnte ich mir durch einen Beruf oder ein Studium zusätzlich öffnen oder versperren?“

Auf die Rückseite des Zettels schreibe ich die Regierungsparolen und die zwei markanten Liedphrasen. Trotzdem baut sich vor mir ein Enigma auf: Warum habe ich das Wort „Rom“ vorhin mit Graphit aufgeschrieben? Mein Grundwissen über die Antike ist meiner Meinung nach sehr gut und das geliehene Buch prahlt nicht mit bahnbrechenden Neuigkeiten. Um meine Verunsicherung abzumildern, schreibe ich auf der Seite mit den vier Fragen in eine Ecke klein das Wort „Rom“. Außerdem nehme ich mir vor, dass ich das Buch erneut durchgehen werde, vielleicht habe ich ja etwas Wichtiges übersehen. Daraufhin hänge ich das zuletzt beschriebene Blatt an die Wand vor meinem Schreibtisch. Ich spüre, wie eine schwere Last von meinen Schultern genommen worden ist.

II

Ich unternehme einen kurzen Spaziergang durch den Erholungspark, der direkt an unser Wohnviertel grenzt. Obwohl ich schon mein ganzes Leben in dieser Stadt verbracht habe, ist mir nie die bezaubernde Schönheit dieses Parks aufgefallen. Man geht hier auf einem gepflasterten Weg eine Allee entlang, nimmt die Düfte von Zirben und Blumen wahr und der Schwefel ist kaum noch zu bemerken. Es gibt immer wieder Sitzmöglichkeiten und den Mittelpunkt des Parks bildet ein prachtvoller, im gotischen Stil gehaltener Springbrunnen. An warmen Tagen hat man durch den See eine angenehme Möglichkeit zum Abkühlen, wobei sich am Horizont die Umrisse der Gebäude abzeichnen. Der Lärm des Straßenverkehrs wird durch singende Vögel und das Geschnatter von Enten, Gänsen und Schwänen überdeckt. Kurz vor der Grenze zum Wohnviertel gibt es sogar einen Spielplatz. Auf einer Bank sitzend, rufe ich mir alte Aussagen in Erinnerung und denke, wie man darauf kommen kann, die Meinung zu vertreten, dass alles nur eine schöne Fassade sei und man erst das wahre Gesicht der Stadt sieht, wenn man zu lange im Industriegebiet gearbeitet habe. Erst dann erkenne man das wahre Gesicht der Regierung und deren scheinbare Transparenz. Anscheinend brauchen die was zu reden und erkennen nicht, in welchem Wohlstand wir doch leben.

Zurück in meinem Zimmer, schlage ich das Rom-Buch auf und schaue dieses Mal durch die darin erwähnten Großereignisse. Als ich das Kapitel abgeschlossen habe, bin ich von nicht besonders herausragenden Fakten überrascht worden. Wieso Rom, warum steht das auf meinen Zettel? Daraufhin blättere ich schnell durch das Kapitel über die damalige Religion. Aber auch hier finde ich nichts. Ich springe zurück zum Gott Sol und lese mir das über ihn Mitgeteilte genauer durch. Am Ende wird auf Seite 341 verwiesen. Ich schlage diese Seite auf und finde dort nur ein Textfragment, welches auf Sol Invictus, den unbesiegten Sonnengott verweist. Leider ist das Buch nicht mehr im besten Zustand und in den nächsten Zeilen sind nur einzelne Zeichen zu erkennen. Auf einem Abriss ist zu lesen, dass es einmal jemanden mit dem Titel „Sol Invictus" gegeben hat, aber es sind nur noch die letzten drei Buchstaben seines Namens zu erkennen: „...ras". Ich kenne keine Person, die jemals den Titel „Sol Invictus" trug, geschweige denn, dass „Sol Invictus" ein Namenstitel war. So heißen der mir bekannte Sonnengott und das Fest, welches von der Kirche als Geburt Christi annektiert wurde. Vielleicht war es dieser mit „...ras" endende Name, welcher mich unbewusst dazu verleitete, das Wort „Rom“ niederzuschreiben. Eine kurze Recherche im Internet bringt keine größere Einsicht, es werden dort nur „Sol Indiges“ und „Sol Invictus“ angeführt. Auch die griechische Mythologie hilft mir nicht weiter, weil dort Helios als Interpretationsgrundlage dient, wobei Sol Invictus doch seinen eignen Glauben hatte. Somit geht es für mich ein weiteres Mal auf die Straße und ich peile die kleine Bibliothek in der Fußgängerzone an.

Nach stundenlangem Suchen und Inhalieren des Staubs vergessener Tage werde ich auf die Sperrstunde hingewiesen. Ernüchtert lege ich mich zu Hause nieder mit der Gewissheit, dass es morgen in die Stadtbibliothek neben dem Regierungsgebäude gehen wird. Gänsehaut breitet sich auf meiner Haut aus allein bei dem Gedanken daran.

Ich wache erst gegen Mittag auf, anscheinend habe ich alle Wecker ignoriert. Dann verlasse ich eilig die Wohnung, um nicht noch mehr Zeit zu verlieren. Durch mein Tempo erreiche ich rechtzeitig den Bus, der in Richtung Industriegebiet fährt. Beim Anblick des Regierungsgebäudes bekomme ich erneut Gänsehaut und ein frostiges Gefühl. Ich frage am Schalter der Bibliothek, wo Bücher über die Antike zu finden sind und werde in den Trakt geschickt, welcher das Bindeglied zwischen Alt- und Neubau bildet. Es ist passend, dass die Literatur über die Antike in diesen alten Hallen positioniert wurde. Ich stehe vor schier endlosen Regalen und konzentriere mich zuerst auf Bücher, welche sich ausschließlich mit Sol und der Religion beschäftigen. Ich erinnere mich an den Titel des Buches, welches auf meinem Schreibtisch liegt. Da dieses in einem eher mangelhaften Zustand ist, finde ich vielleicht in dieser Bibliothek ein besser erhaltenes Exemplar. Tatsächlich habe ich Glück und halte bald zwei weitere Ausgaben davon in meiner Hand. Ich lege das eine Buch staunend zurück, als ich darin eine komplett geschwärzte Seite sehe. Im zweiten Exemplar sind die Seiten nicht identisch, weil es sich um eine Neuauflage handelt. Frustriert marschiere ich zum Informationsschalter und frage nach, ob vielleicht noch weitere Exemplare im Lager vorhanden sind und ich diese vielleicht sehen könne. Ein höfliches „Warum" bekomme ich als Antwort. Daraufhin erkläre ich mein Problem und mir wird der Eintritt in das Lager freigegeben. Dazu gehe ich erneut ans andere Ende der Bibliothek. Nach einer Ewigkeit des Suchens und Sortierens halte ich ein weiteres Exemplar des Rom-Buches in der Hand, dieses Mal die richtige Version. Ich schlage erneut die gewünschte Seite auf und werde fündig: Die mysteriöse Person heißt Mithras Sol Invictus.

Mithras – noch nie gehört. Du bist also meine nächste Hürde. Warum willst du nicht gefunden werden und wer verwischt deine Spuren? Bevor ich das Lager verlasse, blicke ich auf das Titelbild und lasse erstarrt das Buch fallen. Versteckt in einer Ecke, erkenne ich erneut das Symbol aus Flamme und Sanduhr. Angstdurchtränkt verlasse ich die Stadtbibliothek und suche schnellstmöglich die Fensterbank auf, unter welcher das Symbol versteckt ist. Fassungslos darauf starrend, wird mir bewusst, dass dieses Symbol keine vergessene Markierung für spielende Kinder ist. Wie von Blitz getroffen, schießen mir die Regierungsparolen und die zwei Liedphrasen in den Kopf:

Glaubst du an die Lügen?

Deine Zeit läuft ab!

Schweißdurchtränkt renne ich nach Hause, gehe in mein Zimmer und versuche so schnell wie möglich einzuschlafen. Bis in meine Träume verfolgen mich die Worte und mein Unterbewusstsein versucht zwischen den unscharfen Ausschnitten Zusammenhänge herzustellen. Ich höre die Melodie und Stimmführung des Liedes und seine Phrasen, die mit brachialer Lautstärke in meinem Kopf widerhallen.

Ich erahne Umrisse einer Höhle, einer Krone – die das Licht reflektiert und die bröckelnde Fassade des Schandflecks der Stadt. Und dabei läuft im Hintergrund das Lied in Dauerschleife, bis die scheppernden

Textphrasen mich aus diesem Albtraum befreien. Zitternd sitze ich in meinem Bett und mir wird bewusst, dass sich jede bisher offene Tür mit einem lauten Klang geschlossen hat und nur noch ein Pfad zu beschreiten ist. Ich muss mich mit meinen Ängsten konfrontieren und der Wahrheit ins Auge blicken. Mein die Tatsachen ignorierender Schlaf ist vorbei und ich kann nicht mehr einfach wegschauen.

Mitten in der Nacht setze ich mich an meinen Schreibtisch und versuche alle bisher gesammelten Hinweise zusammenzufassen. Das Zentrum bildet das mysteriös geformte Symbol, welches nun von mir aufgezeichnet an der Wand hängt. Mithras ist ein Geheimnis, das nicht gefunden werden soll. Mithras aus dem antiken Rom und das Symbol müssen irgendwie in einem Zusammenhang stehen. Mit der Höhle und der Krone, welche so majestätisch in meinen Traum erschienen sind, kann ich noch nichts anfangen. Und das Regierungsgebäude ist eine weitere Sackgasse. Obwohl ich mich anstrenge, bewegt sich die Graphitmine nicht mehr und ich bleibe mit einer lächerlich kleinen Anzahl an Hinweisen zurück. Daraufhin sortiere ich die wenigen Worte nach meinem aktuellen Wissensstand und reihe Mithras ganz oben ein. Er wird mein Damoklesschwert sein, welches mich stets beunruhigen wird. Erschöpft lege ich mich ins Bett und spüre schon jetzt die Klinge über meinem Körper.

Am nächsten Morgen verwende ich jede Minute dafür, mehr über diesen Mithras herauszufinden. Etliche Bücher und Recherchen später zeichnet sich ein Strang in diesem fein gewobenen undurchsichtigen Netz ab. Mithras wurde der Legende nach aus einem Stein geboren. Der Sonnengott Sol gab ihm den Auftrag, einem Bullen zu jagen und zu schlachten. Nach einem erbitterten Kampf streckte Mithras das Vieh zu Boden und Sol stieg vom Himmel herab für ein gemeinsames Mahl herunter. Das Blut des Bullen tränkte die Erde mit Lebenskraft und aus seinen Innereien entstanden der Mensch und das Vieh, die diese nun nahrhaften Felder bewirtschafteten und Pflanzen anbauten. Nach dem Mahl schlug Sol in die Hand des Mithras ein und daraufhin stiegen beide in den Himmel auf, wo Mithras zur unbesiegten Sonne wurde. Etwas Entzweites wurde eins und als Symbiose herrschte nun Mithras Sol Invictus über die Erde. So spricht die Legende. Schnell wurde Mithras zum Patron der Soldaten und der dazugehörige Kult fand beim einfachen Volk und der Elite Anklang.

Mehr Informationen sind nicht auffindbar. Obwohl ich nun mit Wissen genährt bin, kann ich keinen Zusammenhang erkennen. Ich bemerke die verbrauchte Luft in meinem Zimmer und breche in der

Abenddämmerung zu einem Spaziergang durch die Stadt auf. Wieder pirsche ich entlang des so vertrauten Umfeldes. Die Fassaden, die Häuser, die Straße und der Gestank des Schwefels erinnern mich an all die Jahre, welche an mir vorüberzogen und die mehr oder weniger erkennbar von ihnen hinterlassenen Narben. Die Fußgängerzone mit ihren Geschäften, die altbekannten Pubs und Restaurants entlang des Istros und der Hauptstraße mit ihren Prachtbauten. Aber irgendwie kommt mir der allzu vertraute Anblick seltsam vor. Welche Geheimnisse, die nicht gefunden werden sollen verbergen sich hinter jeder Ecke? Ich schenke den Statuen und Tafeln der Heldenmeile größere Aufmerksamkeit und frage mich, ob ich jemals in den wachsamen Blick einer dieser Personen geraten bin. Viele große Namen werden hier gerühmt, darunter ist eine Tafel mit bedeutenden Schriftstellern. Instinktiv bleibe ich vor einem Antlitz stehen. Die Gravur darunter lautet: „Mit größtem Respekt Marcus Cratero gewidmet, welcher durch seinem unerschütterlichen Drang nach Wahrheit und Gerechtigkeit für immer ein wichtiger Mensch in der Geschichte unserer Stadt sein wird.“ Auf der Rückseite stehen sein Geburts- und Todestag. Mit großem Erschrecken stelle ich fest, mit welcher Form das Monument gezeichnet ist – es ist das Symbol, welches an meiner Schreibtischwand hängt. Wie lange ist es schon hier und wie viele Leute sind hier schon vorbeigegangen, ohne etwas zu bemerken? Wie wir doch alle Teil einer unachtsamen Schafherde sind, welche beim ersten Anblick eines Wolfs panisch in alle Richtungen auseinanderrennt. Wie kann etwas dermaßen Auffälliges so lange unauffällig bleiben? Obwohl es schon spät in der Nacht ist, entschließe ich mich, weitere Abbildungen dieses Symbols in der Stadt zu suchen.

Die ersten Sonnenstrahlen dringen durch mein Fenster. Ein weiterer Abend ohne Erinnerungen. Ich wende meinen Blick zum Schreibtisch und sehe eine rätselhafte Zeichnung an meiner Wand. Unterbewusst habe ich gestern alle Positionen, an denen ich das Symbol gefunden hatte, auf einem Stadtplan eingezeichnet. Es sind eine Handvoll, meistens an Orten, welche sich mit Wahrheit und Gerechtigkeit befassen. Es gibt ein paar Ausreißer, wie Gebäude im Wohnviertel oder entlang des Istros. Ein nachvollziehbares Muster ist nicht erkennbar und wieder kann ich nichts mit dem Wissen anfangen.

Abwesend erblicke ich meinen anderen Zettel mit den vier Fragen an der Wand. Kann ich schon irgendeine davon sinnvoll und wahrheitsgemäß beantworten oder starre ich in einen klaffenden Abgrund der Unwissenheit? Selbstzweifel überkommen mich und in meinem Körper öffnet sich ein bodenloses Loch, welches meine Seele zu verschlingen droht. Warum tue ich mir das alles an? Warum kann ich nicht einfach wie meine Freunde sein, die klare Vorstellungen über ihre Zukunft haben und sich nicht mit unlösbaren Problemen aufhalten? Warum kann ich nicht einfach das Leben auf mich zukommen lassen und sehen wo es mich hinführt? Verloren in diesem Gedanken, lege ich alles beiseite und kämpfe gegen die aufsteigenden Tränen. Meine Sicht verblasst, die Welt versinkt in Grautönen und die Struktur des Raums fällt in eine endlose Leere. Besiegt lege ich mich ins Bett, doch leise Schwingungen, welche immer lauter werden, bilden ein Fundament. Im nächsten Moment hallen wieder die Zeilen in meinen Ohren nach:

Glaubst du an die Lügen?

Deine Zeit läuft ab!

Ich spüre in meinen Gliedern die zurückkehrende Kraft und die Welt funkelt langsam wieder in ihren alten Farben. Mit neu erlangtem Halt skizziere ich mein weiteres Vorgehen. Die Informationen zu Mithras sind größtenteils vollständig und ich kenne auch schon einige Positionen des mysteriösen Symbols. Es fehlen aber noch Hintergrundinformationen. Normales Recherchieren wird ohne Anhaltspunkte nichts bringen. Wie ich wiederum von den gewünschten Personen gefunden werden kann, ist ein weiteres Rätsel. Irgendwelche

Unbekannten auf der Straße anzusprechen, wird nicht auf Gehör stoßen. Wie kann ich ein großes Auditorium ohne große Hürden erreichen? Mein umherwandernder Blick fällt auf das Blatt Papier, welches die Reihenfolge meiner Suche zeigt. Als ich „Regierungsgebäude“ lese, habe ich einen Geistesblitz. Nächste Woche findet eine Sitzung statt, bei der die Öffentlichkeit anschließend Fragen stellen darf. Wir besuchen mit der Schule diese Versammlung. Meine Formulierung wird entscheidend sein. Ich will ja nicht zu viel verraten und ins Rampenlicht der Medien graten, denn sonst nehme ich mir die Möglichkeit, meine Fäden unbemerkt zu knüpfen. Nur die richtigen Personen sollen auf meine Identität stoßen. Gähnend lege ich mich ins Bett und in Gedanken beginne ich schon Stichwörter und Sätze zu bilden. Am Ende der Woche verfasse ich meinen Plan und alles, was ich noch tun kann, ist – warten. Warten bis zur Sitzung, warten bis zum Ende der Sitzung und warten bis zur Möglichkeit, dass ich mich zu Wort melden darf. Warten, die immer wiederkehrende Konstante, die uns so viele Lebensjahre kostet. In der folgenden Woche gehe ich gedanklich jedes Detail meines Vorhabens durch.

Während der Sitzung werden wir alle eine Maske tragen müssen. Meine Kleidung wird aus einer langweiligen Kombination aus Hose und Oberteil bestehen. Zusätzlich werde ich unverschämterweise eine

Kopfbedeckung und Sonnenbrille tragen, um mich unauffällig zu tarnen. Alle im Raum werden wissen, welche Schule und Klasse ich besuche, weil jede Gruppe einen vorgeschriebenen und beschrifteten Platz zugewiesen bekommt. Die Fragenstellenden müssen ihren Namen nennen, ich werde auf meine Initialen zurückgreifen, die glücklicherweise in meiner Klasse einmalig sind. Es wird eine schnelle und einfache Frage sein, dadurch verringert sich das Risiko von Störungen und ich kann meine Zeit im Rampenlicht minimieren. Alle Kameras werden auf das Rednerpult gerichtet sein und können nicht geschwenkt werden, somit kann ich eine Zeichnung des Symbols vorzeigen. Obwohl die Mobiltelefone ausgeschaltet werden sollen, wird sicher ein Video auftauchen und dadurch Aufmerksamkeit bei der jüngeren Altersgruppe erzeugen – das ist nicht einmal ein Nachteil. Die Frage, die ich stellen werde lautet: „Gibt es hier irgendeine Person, welche dieses Symbol an der Statue von Marcus Cratero und anderen Orten gesehen hat?“ Den darauf folgenden Moment der absoluten Stille werde ich nutzen, um wieder in den Hintergrund zu treten und die Zeichnung so gut wie möglich mit einem Feuerzeug zu vernichten. Es wird sicher keine passende Antwort kommen, nur Geschwafel. Bevor irgendeine Frage an mich gestellt werden kann, verlasse ich das Gebäude und versuche keine weiteren

Spuren zu hinterlassen. Falls alles klappt, werde ich hoffentlich von der Person, welche diese Symbole platziert hat, kontaktiert. Eine kleine Recherche über meine Schule, um meine Identität herauszufinden, wird nicht das Problem sein.

Ich gehe immer wieder die Details durch und frage mich, ob ich etwas übersehen habe. Ein Scheitern kommt mir erst gar nicht in den Sinn, weil ich aus unerklärlichen Gründen ein unantastbares Vertrauen in meinen Plan habe und einfach weiß, dass alles genau so funktionieren wird. Am letzten Abend vor der Sitzung kommen mir dann doch die ersten Zweifel. Was soll ich tun, wenn ich nicht zu Wort komme? Wenn meine Identität in den Medien zum großen Thema wird und nicht das Geheimnis, das sich hinter dem Symbol verbirgt? Und was soll ich tun, wenn alles funktioniert, aber niemand mit mir in Kontakt tritt? Unbehagen breitet sich in meinem Zimmer aus und die Angst vor dem Scheitern ergreift mich. Am Boden kriechend finde ich mich wieder. Ein zweiter Blick auf das Symbol, dessen Rätsel ich lösen will und die lyrischen Zeilen des Liedes geben mir die Kraft, wieder aufzustehen. Nun bin ich mir sicher, dass mein Plan gelingen wird.

So finde ich mich jetzt in den Hallen des Regierungsgebäudes wieder. Das Aroma von Zirbenholz dringt in meine Nase, während meine Finger über die glatten Möbel des Besprechungssaals gleiten. Die Gespräche im Publikum enden und kurz vor Sitzungsbeginn herrscht Stille. Unsere Klasse ist dieses Mal in der mittleren Loge des Besucherbereichs untergebracht. Im Zentrum des Saals emporsteigend, ist das Rednerpult, umringt von unzähligen Mikrofonen. Dahinter sind die Regierungsparolen sowie unsere Landes- und Staatsflagge angebracht. Die Sitzplätze für die Politik sind wie in einem Theatersaal in drei Sektoren eingeteilt. Die Ledersitze sind jeweils mit unterschiedlichen Parteifarben gekennzeichnet und durch niedrige Wände aus Zirbenholz und Glas voneinander abgetrennt. Darüber baut sich der Besucherbereich mit ebenfalls eindeutigen Kennzeichnungen auf. Von fünf Logen aus kann man die Sitzung verfolgen. Für jede Schule und Universität ist ein Bereich reserviert. Außerdem gibt es Logen für beisitzende Unternehmen, welche wichtige Vertreter im jeweiligen Themenbereich sind. Heute findet eine allgemeine Sitzung statt und somit sind diese Logen mit Interessierten aus der Bevölkerung gefüllt. Daneben findet man den Bereich für pensionierte Politikvertreter und die restlichen Logen mit weiteren Besuchern.

Ich richte meinen Blick auf das Pult und bemerke, dass am linken und rechten Bühnenrand schwenkbare Kameras mit Funktionspersonal vorhanden sind. Ich sehe vor meinem geistigen Auge meinen makellosen Plan in zehntausend Teile zersplittern. War alles umsonst? Was soll ich tun?

Eine schrille Glocke reist mich aus meiner Trance, die Sitzung beginnt. Seufzend senke ich meinen Blick zu Boden und überlege mir, welche Auswirkung diese unvorhersehbaren Augenpaare auf meinen Plan haben. Ich schaue auf die zwei Kameraleute und versuche die Zeit, bevor meine Zeichnung verewigt wird, abzuschätzen. Obwohl ich zunächst die Mitte des Saals als vorteilhafteste Position ansah, wird sie mir nun zum Verhängnis. Von jeder Kameraposition aus dauert es zwei bis drei Sekunden, um meine Position zu erfassen. Außerdem gibt es zwei Kameras, somit können zwei Orte gleichzeitig aufgenommen werden. Frustriert vertiefe ich mich in meine von Nervosität und Zweifel verstörten Gedanken. In zwei bis drei Sekunden schaffe ich vielleicht meine Begrüßung, somit fehlen mir mindestens sieben weitere Sekunden für die Frage. Mit zwei Sekunden zusätzlich könnte ich zumindest das Symbol vorzeigen und wieder verbergen. Zwei Sekunden trennen Sieg und Niederlage. Ich würde ein wenig Luft gewinnen, wenn ich mich nicht wie üblich in die Mitte der Loge, sondern am Rand platzierte. Das Symbol müsste ich schon während meiner Begrüßung zeigen, um es dann schneller verbergen zu können. Trotzdem ist mir bewusst, dass mir noch immer mindestens eine Sekunde fehlt. Soll ich einfach allen meine Ergebnisse vor Augen führen und meine Maske abnehmen? Doch dann würde nur ich zur großen Schlagzeile werden und nicht meine eigentlichen Anliegen.

Ich verfolge die Sitzung und bemerke, dass die Kameras auf das Pult gerichtet sind. Wenn ich jetzt meine Frage zur Empörung des Publikums stelle, gewinne ich vielleicht weitere Sekunden. Natürlich würde ich so ebenfalls zur großen Schlagzeile, aber vielleicht würde durch diesen Fauxpas eine größere Aufmerksamkeit auf das bereits verschwundene Symbol gerichtet werden. Ich habe nichts zu verlieren, fasse mir ein Herz und bei der nächsten Gesprächspause stehe ich auf und entblöße meine Zeichnung vor der Öffentlichkeit. Kurz nach meiner Begrüßung knülle ich das Blatt Papier zusammen und stelle meine Frage. Zu meiner großen Verwunderung ist das Kamerapersonal wie paralysiert und vor der wie geplant eintretenden großen Stille verschwinde ich aus dem Rampenlicht, ohne in eine Kameralinse gesehen zu haben. Schnell verlasse ich das Gebäude mit der Gewissheit, dass alles besser als gedacht funktioniert hat, vielleicht sogar zu gut, so dass nicht einmal Handyvideos in den sozialen Medien erscheinen werden.

Ich warte gespannt auf die Nachrichten und überlege, ob ich nicht selbst mit einem gefälschten Konto einen Beitrag in die sozialen Medien stellen soll. Die Warterei wird unerträglich, als es die ersten Nachrichten über die heutige Besprechung gibt. „Die heutige Sitzung wurde von einer unbekannten Person mit einem Symbol in der Hand unterbrochen mit der Frage, ob jemand dieses Abbild an der Statue von Marcus Cratero bemerkt hätte. Berichten zufolge zeigt das Symbol eine Sanduhr und nicht weiter identifizierbare Linien." Zufrieden, dass nur die Sanduhr zu sehen war und ein größerer Wert auf die Zeichnung gelegt wurde und dass kein einziges Wort zu den anderen Orten fiel, gehe ich zu der besagten Stelle. Zu meiner Verwunderung halten sich dort bereits viele Menschen auf, obwohl die Nachricht erst vor kurzem ausgestrahlt wurde. Anscheinend gibt es doch ein Video davon in den sozialen Medien. Ich blicke auf die markante Stelle und weiche verblüfft zurück. Das Symbol ist nicht mehr aufzufinden. Das kann schlechte Auswirkungen auf meine bisher gewahrte Anonymität haben. Wenn der einzige eindeutige Hinweis auf die verzierte Sanduhr vernichtet wurde, sind meine Initialen der einzige Anhaltspunkt ...

Schnell die sozialen Medien durchstöbernd, finde ich ein Video meines Theaterstücks. Anscheinend gibt es nur diese Aufzeichnung. Sie wurde rechts von mir aufgenommen und somit kann man die Schul- und Klassenkennzeichnung nicht erkennen. Trotzdem hört man einen meiner Initialen und in meiner Klasse gibt es sicher irgendwelche Füchse, die meine Identität preisgeben wollen. Wenn die großen Medien weitere Hinweise bekommen und sich die Gerüchte verbreiten, werde ich gezwungenermaßen zu einer bekannten Person werden. Zum Glück sind jetzt Ferien, somit ist die von der Klasse ausgehende Gefahr etwas geringer und ich kann eine Woche mein weiteres Vorgehen planen.

Einsehend, dass ich es ziemlich verbockt habe, entscheide ich mich für einen anonymen Tipp. Mit Handschuhen und im Schutz der Dunkelheit gehe ich zum Briefkasten des Rathauses und werfe einen Zettel mit dem Symbol ein. So wird diese Zeichnung in den nächsten Tagen mit Sicherheit in den Medien zirkulieren und meine Identität fürs Erste geschützt sein. Meine Aktion trägt schnell Früchte und das Symbol ist Schlagzeile Nummer eins. Nun beginnt die zweite Phase meines Plans, die Warterei mit der Hoffnung, dass die richtige Person mit mir in Kontakt tritt.

III

In den Ferien werde ich nicht komplett in Ruhe gelassen. Immer wieder schreibt mir jemand aus meinem Freundeskreis und versucht mich zu einem Geständnis über meine Aktion im Regierungssaal zu überreden. Genervt schreibe ich zurück: „Ich weiß es einfach nicht. Reden wir darüber in der Schule darüber!“ Natürlich ist das keine zufriedenstellende Antwort, aber es muss fürs Erste reichen.

Schlaflose Nächte prägen meinen Alltag und die befreiende Nachricht scheint nicht zu kommen. Doch eines Tages finde ich einen an mich adressierten Brief von einem Mithras. Überrascht, dass die Nachricht direkt zu mir nach Hause kommt und nicht über die Schule, wird mir bewusst, die richtige Person erreicht zu haben. Im Brief heißt es:

> „An die extravagante Hauptfigur, die es schaffte, unsere Hinweise zu finden und durch ihre sehr gewagte Aktion fast das Aus für unsere Diskretion bedeutete.
>
> Das Schauspiel im Sitzungssaal war eine genüsslich zu sehende und viel zu riskante Show. Mit deinem Tipp an die Medien hast du es wieder ausgebessert. Aber in Zukunft werden keine Spiele mehr gespielt. Es wäre großzügig von dir gewesen,

wenn du eine versteckte Nachricht an einem unserer markanten Orte hinterlassen hättest. Wie deiner Rede zu entnehmen ist, kennst du ja anscheinend mehrere davon. Trotzdem muss man dir den magischen Moment der Paralyse lassen. Ich war anwesend und deine Hoffnung, dass die richtige Person zuhört, wurde erfüllt. Das war raffiniert, mit einer großen, vielleicht zu großen Risikobereitschaft, doch vielleicht wird unsere Zusammenarbeit unterhaltsamer werden als gedacht.

Wie dem auch sei, nachdem du dein Geschick bewiesen hast, will ich deinen Wissensstand überprüfen. Hierfür hinterlasse mir eine gut versteckte Nachricht an dem Ort deiner Offenbarung. Benutze deine Kreativität und schreibe mir alle deine Informationen über meinen Namenspatron auf. Überlege dir, warum ausgerechnet Marcus Cratero ausgewählt wurde. Enttäusche mich nicht und wir werden voneinander hören.

PS: Hinterfrage dein Umfeld, vielleicht ist nicht alles so, wie es scheint."

Unter einem Wachssiegel mit einer Sanduhr steht: „gezeichnet von Mithras".

Ich schreibe alle mir bekannten Informationen über Mithras auf. Doch wie kann ich meine Nachricht unbemerkt hinterlassen? Selbstverständlich hat er diese Statue ausgewählt, da sie noch immer von Schaulustigen besucht wird. Ein Test also meiner Fähigkeit unentdeckt zu bleiben und keine Spuren zu hinterlassen. Keine Spielchen mehr werden von ihm befohlen, doch solche Aktionen sind doch nur Spielchen. Wer bist du und was versteckst du hinter den Namen Mithras? Und warum ausgerechnet Marcus Cratero? Wieder ein Haufen von Fragen.

Erneut analysiere ich das Umfeld der Statue penibel. Wie vermutet, halten sich tagsüber mehr Menschen am Denkmal auf. Die Büsten sind chronologisch geordnet und deswegen sind in Richtung Osten mehr Verewigungen vorhanden. Richtung Westen sind es nur drei, dahinter endet die Heldenmeile. Nördlich beginnt die Delamus und im Süden die ersten Villen. Meine Möglichkeiten unbemerkt zu bleiben sind äußerst beschränkt. Immerhin gibt es hier keine Sicherheitskameras – zumindest ein leichter Trost. Mein Umfeld bietet mir also keine Chancen.

Ich nähere mich der Statue und analysiere sie. Die marmorierten Fliesen sind ohne jeglichen Makel verlegt worden, die aus Granit gemeißelte Büste ebenso. Nur bei den beiden Tafeln kann man eine leichte Unsauberkeit erkennen. Ein Blick auf die Lebensdaten zeigt mir, dass die Tafel bereits ausgewechselt worden ist, weil der Farbfleck fehlt, eine schnelle und saubere Arbeit. Ich vertiefe mich in meine Gedanken. Verzweifelt setze ich mich auf die nächstgelegene Bank und lese noch einmal den Brief von Mithras durch. Gibt es irgendeinen versteckten Tipp darin? Aber ich finde nichts. Seufzend lege ich mich auf den Rücken. Beschämt fällt mir der offensichtlich hinterlassene Ratschlag ein: „PS: Hinterfrage dein Umfeld, vielleicht ist nicht alles so, wie es scheint."

Ich laufe zur Statue zurück und werfe einen scharfen Blick auf die Inschriften. Es kann doch nicht sein, dass in einer so kurzen Zeit eine neue Steintafel gemeißelt und ausgetauscht worden ist. Ich erkenne den unauffälligen Rand der Jahrestafel, eine kleine Lufttoleranz wurde dort gelassen. Zur späten Stunde, glücklicherweise ohne jeden Anschein von Lebewesen in der Umgebung, stehe ich erneut vor Marcus Cratero. Mit moderatem Kraftaufwand drücke ich auf das untere Ende der Tafel und kurz darauf ist wieder die Seite mit dem übermalten Symbol zu erkennen. Ich klebe meine Antwort auf die Inschrift und rotiere die Tafel zurück. Als Sendebestätigung male ich das Symbol wieder in die Ecke – so, wie es einst war. Bevor ich nach Hause gehe, teste ich noch andere Statuen auf diesen Mechanismus und zu meiner Verwunderung ist es bei diesen nicht so. Somit wurde die Erinnerung an Marcus Cratero bewusst manipuliert. Konnte man die Steintafel schon immer rotieren? Wieder muss ich warten.

In der Zwischenzeit überlege ich, warum ausgerechnet Marcus Cratero, „der Redner", auserkoren wurde, der sich durch seinen stetigen Drang nach Wahrheit und Gerechtigkeit einen Platz in der Heldenmeile verdient hat. In seiner moderaten Lebenspanne erlebte er Zeiten des Umbruchs. Geboren während einer Zeit großer Konflikte, versuchte er schon in jungen Jahren, das Volk mit seinen, leider nur einzeln und mangelhaft überlieferten Reden – weil die originalen Transkriptionen in Kriegszeiten vernichtet wurden – zu ermutigen und Probleme aufzuklären. Besonders in der Zeit zwischen den großen Konflikten und den rabenschwarzen Tagen warnte er das junge Volk vor den Fehlern der Vergangenheit und versuchte sie zu rationalem und unabhängigem Denken zu animieren. Er wollte, dass sich jeder über die Umstände informieren und sich seine eigene Meinung bilden sollte, um nicht der Propaganda und dem Herdendenken zu verfallen; leider ohne Erfolg. Während der rabenschwarzen Tage wurde er wegen „radikalen" und gefährlichen politischen Handelns verfolgt und schließlich hingerichtet. Die regierende Partei versuchte ihn komplett aus der

Geschichtsschreibung zu liquidieren, doch glücklicherweise konnten sein Wirken und seine teils vorhandenen Reden nicht aus den Erinnerungen des Volkes getilgt werden. Wahrscheinlich wurde seine Statue wegen seines geistigen Erbes und seines Einsatzes für Wahrheit und Gerechtigkeit in aussichtslosen Zeiten von Mithras ausgewählt. Sein Wille wurde sogar zum Martyrium. Doch warum legt meine Kontaktperson einen so großen Wert auf diese Erkenntnis?

Wie dem auch sei, den restlichen Tag bereite ich mich auf unseren Abschlussmonat vor. Doch obwohl ich kurz vor der großen Entscheidung stehe, was ich werden will, fällt mir nichts ein. Ich fühle mich wie in einem Netz voller unbekannter Größen gefangen und weiß nicht, wo ich anfangen soll. Trotzdem verspüre ich keine Angst oder Nervosität, tatsächlich ist das Einzige wofür ich mich wirklich interessiere, dieser Mithras, der Puppenspieler, welcher seine Fäden unsichtbar im Hintergrund zieht. Es ist interessant, dass etwas so viel Wichtigeres, mein Abschluss und meine Zukunft überhaupt von einem Phantom in den Schatten gedrängt wird.

Die Tage vergehen schleppend und meine Geduld auf eine Antwort wird stark ausgereizt. Doch endlich finde ich, als ich nach Hause komme, einen weiteren an mich adressierten Brief. Er ist wieder von Mithras Sol Invictus:

> „Als du den versteckten Mechanismus entdeckt hast, wirst du sicher gestaunt und gleich alle anderen Statuten auf eine ähnliche Funktion geprüft haben. Du gehörst zu einer ganz kleinen Elite, welche über diese Erkenntnis verfügt. Es war sehr höflich von dir, dass du eine Bestätigung hinterlassen hast und die Tafel dadurch wieder ihren Zweck erfüllt. Du wirst noch viel erstaunlichere Dinge kennenlernen, bevor du deine declaratio[1] erfährst, aber wenn du weiter so sauber arbeitest, werde ich dir dabei gerne helfen. Nach diesem Prélude kommen wir nun zur eigentlichen Aufgabe.
>
> Du hast mir eine wunderschöne Zusammenfassung über meinen Namenspatron gegeben. Es scheint, dass du einige Quellen recherchiert hast und das Beste aus dem allgemein Bekannten zusammengetragen hast. Anscheinend kannst du mit wenig verfügbaren Quellen etwas anfangen, aber lass mir dir sagen, es gibt noch so viel mehr zu lernen! Nachdem du jetzt deine Raffinesse und Sauberkeit bewiesen hast, wirst du dir sicher

[1] declaratio: Offenbarung

schon Gedanken über Marcus Cratero gemacht haben. Hoffentlich nehme ich jetzt nichts vorweg, aber du wirst schon selber darauf gekommen sein, warum ausgerechnet seine Statue gewählt wurde. Durch seinen Tatendrang in so wichtigen Zeiten hat er sich seinen Platz in der Geschichte verdient, er ging sogar bis ins Martyrium. Diesen Willen will ich in dir auch sehen, eine Flamme, die im größten Sturm nicht erlischt. Wenn du das erreicht hast, können wir uns von Angesicht zu Angesicht begegnen und ich werde dich über einige Geheimnisse in Kenntnis setzen. Wie du mir diese unerbittliche Flamme zeigen kannst, fragst du dich jetzt bestimmt. Lass mir dir eines sagen, die großen Märtyrer wussten auch nicht wo sie beginnen sollen, trotzdem wurden sie irgendwann von einem Zeichen angetrieben und selbst die Gefahr, das eigene Leben aufs Spiel zu setzen, konnte sie nicht mehr stoppen!

Einen Brief an unserer vertrauten Stelle brauchst du mir nicht hinterlassen, ich werde es mit meinen eigenen Augen sehen, wenn dieses Martyrium sich zeigt.

PS: Unsere Augen sind noch zu öffnen."

Unter dem bekannten Wachsiegel steht wieder: „gezeichnet von Mithras".

Zornerfüllt werfe ich den Brief zu Boden, was will dieses Phantom von mir? Ich soll zum Martyrium werden und als Tipp hinterlässt er nur: „Unsere Augen sind noch zu öffnen." Wirklich toll von ihm. Dann noch seine schmeichelnden Worte, das ich Raffinesse und Sauberkeit bewiesen habe. Danke für nichts!

Genervt widme ich mich an meine Schulaufgaben, doch ich spüre wie ein Keim in mir gepflanzt wurde. Beruhigt beschäftige ich mich den ganzen Tag über mit dem Brief. „Unsere Augen sind noch zu öffnen", eine komisch profunde Phrase. Er schreibt die ganze Zeit über Geheimnisse und hat die Mithras-Informationen kommentiert. Außerdem scheint er sehr großen Wert auf das Martyrium zu legen. Grundsätzlich wird man zum Märtyrer, wenn man für seinen selbst gewählten Glauben stirbt. Doch nur weil die Person nicht mehr lebt, lebt ja der Glaube doch weiter. Daraus lässt sich schließen, dass ein Wesen sterben kann, aber eine Idee unsterblich ist. Vielleicht will er mir das mitteilen?

„Unsere Augen sind noch zu öffnen." Wir öffnen unsere Augen um zu sehen. Durch unser Sehen können wir Informationen aufnehmen und verarbeiten. Doch diese Information kann eine Scheinwahrheit darstellen. Um die reine Wahrheit zu sehen, sind unsere Augen noch zu öffnen. Vielleicht fasse ich das so richtig auf. Zu den Märtyrern schreibt er noch, dass diese auch nicht wussten, wie sie beginnen sollen, aber ihre Flamme entzündete sich, nachdem sie ein Zeichen gespürt hatten.

Was hat mich in diese Situation gebracht? Es war Müdigkeit und Abwesenheit. Als ich nach dem Spaziergang und der alten Legende im Wald vor den Wohnblöcken gestürzt bin, erblickte ich ein Zeichen. Gibt es mehr über dieses Symbol zu wissen, als ich vermute und wird mir der Weg zu meinem Martyrium durch dieses offenbart werden? Ohne zu zögern, reiße ich den Zettel mit dem Symbol von der Wand und versuche mich zu konzentrieren. Das Symbol lässt sich in einzelne Motive aufteilen: die Sanduhr mit ihrem splitternden Glas und die zwei Flammen, die auch die Zahl 8 bedeuten könnten. Somit kann man vier Hauptteile erstellen. Zuerst fokussiere ich mich auf die 8, die in sich geschlossene Zahl, die liegend das Unendlichkeitsparadox symbolisiert. Ein in sich geschlossener Kreislauf, der sich bis in alle Ewigkeiten wiederholt. Als Nächstes die Sanduhr: Offensichtlich eine Allegorie dafür, dass die Zeit abläuft. Doch eine funktionierende Sanduhr dreht man einfach um und dieselbe Zeitspanne läuft erneut ab – immer wieder, bis zum Ende unserer Zeit. Aber ein zersplittertes Glas unterbricht diesen Ablauf, wodurch der Sand bis zum letzten Korn aus dem Glas fällt und die Zeit abgelaufen ist. Beim Gedanken an diese Tatsache hallen wieder die zwei Liedphrasen in meinem Kopf nach:

Glaubst du an die Lügen?

Deine Zeit läuft ab!

Als Letztes noch die zwei gespiegelten Flammen. Grundsätzlich ist die Flamme ein Symbol für Tatendrang und Motivation. Die entgegengesetzte Flamme könnte eine Veranschaulichung der Kehrseite mit ihren Selbstzweifeln sein. Actio gleich Reactio, jede Wirkung erzeugt eine Gegenwirkung. Wie bringt mich das nun zu meiner immer lodernden Flamme und dem Glauben, welcher meine Lebenszeit überdauert?

Während meiner üblichen Fahrt zur Schule höre ich wieder unsere Regierungsparolen:

Wahrheit durch Freiheit

Sicherheit durch Transparenz

Gerechtigkeit durch Fairness

Drei Zeilen mit jeweils drei Wörtern. Keine widersprüchlichen Aussagen, sondern sinnvolle, die einander ergänzen. Actio gleich Reactio, eine Wirkung bringt immer eine Gegenwirkung mit sich. Doch welche Wirkung soll überhaupt durch die Parolen erzielt werden und welche Gegenwirkung folgt daraus? Offensichtlich will man das Volk an unsere Grundprinzipien erinnern und es gleichzeitig versichern, dass diese in guten Händen liegen. Die offensichtliche Gegenwirkung aufseiten des Volkes ist die Gewissheit, dass alles gut ist und es immer eine große Wählerschaft gibt. Doch wenn alles so gut ist, verstummt das Hinterfragen und dadurch gibt es keine Erkenntnis mehr. Es existiert nur noch das stumme Volk, welches jede Aussage kopfnickend annimmt und seinen Alltag ohne Veränderung weiterverfolgt. Es entsteht eine homogene Masse und man verliert den Überblick, wodurch die absolute Transparenz schwindet. Doch ohne Transparenz kann es keine tatsächliche Wahrheit geben und die Parolen fallen in sich zusammen. Hinterfrage dein Umfeld, vielleicht ist nicht alles so, wie es scheint. Versteckt sich hinter den Parolen noch mehr Uneinigkeit und kann ich dadurch vielleicht mein Martyrium erreichen?

Gleich nach dem Betreten der Schule werde ich in das Lehrerzimmer gebeten. Ein Tisch mit drei Sesseln füllt den sonst sterilen Raum. Es haben dort bereits mein Klassenvorstand und die Professorin, welche uns zum Regierungsgebäude begleitet hat, Platz genommen. Mit einer stummen Geste werde ich gebeten, mich zu setzen.

„Ich bin bereits informiert und will jetzt Ihre Begründung hören", sind die ersten Worte des erkennbar zornigen Vorstands.

„Ich entschuldige mich für diesen Fauxpas. Es ist eine peinliche und nicht unserem Standard entsprechende Geste meinerseits gewesen. Ich weiß nicht, was über mich gekommen ist und warum ich einfach in die Masse hineingebrüllt habe. Nach dieser Kundgebung realisierte ich meine ignorante Sturheit und habe deswegen schnellstmöglich das Gebäude verlassen. Sie kennen mich bereits sehr gut und wissen, dass diese Farce nicht mit meinem Charakter übereinstimmt."

Nach meiner Entschuldigung entspannen sich die Gesichtsmuskeln meiner Vorgesetzten. Kurz darauf antwortet die erleichterte Professorin: „Das Symbol hat genug Hektik in den Medien verbreitet. Wir bitten Sie, dass Sie das nächste Mal die Routine befolgen und jetzt konzentrieren Sie sich wieder auf Ihren Abschluss. Niemand will so kurz vor dem Austreten eine Ehrenrunde einlegen."

Zufrieden, dass die Situation reibungslos verlaufen ist, begebe ich mich in mein Klassenzimmer. Ich trete in den weißen Raum und werde von meinem Freundeskreis umringt. Natürlich sind sie von meiner Aktion begeistert. Es wird gelacht, das Geschehene ins Lächerliche gezogen und ein wenig gelästert. Außer meinen Freunden fragen mich auch andere, was mich zu diesem Aufschrei trieb. Ich antworte immer dasselbe: „Es war die ambitionierte Jugend, in der man immer alles verändern und mitgestalten will. Da kann es schon mal passieren, dass die eingefahrenen Regeln nicht befolgt werden."

Nach all der Hektik sitze ich erneut unkonzentriert im Klassenraum. Ich hoffe, dass die Zeit einfach so schnell wie möglich vorbeigeht und ich spüre, wie die ersten Funken in mir zu glühen beginnen. Nach Unterrichtsschluss renne ich nach Hause, um keine Zeit zu verlieren. In meinem Zimmer verbarrikadiert, setze ich meine Kopfhörer auf und schreibe die Regierungsparolen auf einen neuen Zettel.

Wahrheit durch Freiheit

Sicherheit durch Transparenz

Gerechtigkeit durch Fairness

Wie ich schon in der Früh bemerkt habe, bricht das gesamte System unserer Gesellschaft zusammen und ergibt keinen logischen Sinn mehr. Welche Geheimnisse verbergen sich hinter diesen Buchstaben? Etwas wird als „wahr" bezeichnet, wenn man über mehrere nachvollziehbare Ansätze zur gleichen Lösung kommt. Jede Person weiß, dass die Gleichung 1 + 1 = 2 wahr ist, weil es mehrere nachvollziehbare Beweise dafür gibt. Es gibt aber auch die Scheinwahrheit, wenn ein Sachverhalt so fest im Bewusstsein der breiten Masse verankert ist, dass man sich sicher ist, dass es wahr ist, obwohl mehrere Argumente dagegen sprechen. Weil alles aber schon oft, lange und von jeder Person nachgeplappert wird, gibt es kein Argument auf der Welt, welches die Scheinwahrheit aufdecken kann.

Wahrheit durch Freiheit

Was bedeutet Freiheit? Man kann grundsätzlich alles machen was man will. Du kannst lesen, schreiben, essen was du willst. Doch manche Freiheiten werden durch Regeln und Richtlinien eingeschränkt, somit ist man nie wirklich frei. Wenn man in zwei exakt gleichen Universen an derselben Weggabelung steht, sollte man wegen seiner Freiheit in einem Universum nach links gehen können und im anderen nach rechts. Weil es aber exakt gleich kopiert wurde, wählt man durch den Effekt des Determinismus immer dieselbe Seite. Somit gibt es keine tatsächliche Freiheit. Dadurch ist Freiheit die größte Lüge der Menschheit und daraus folgt:

Wahrheit durch Lügen

Wann fühlen wir uns sicher? Ist es, wenn man sich mit seinem Freundeskreis trifft, wenn man von mehreren Personen in einem abgesperrten Bereich beobachtet wird, oder doch einfach nur dann, wenn wir in unsere Komfortzone sind und keine Wagnisse eingehen müssen?

In unserem Alltag befinden wir uns in der eigenen Komfortzone und fühlen uns daher sicher.

Wann ist etwas transparent? Etwa, wenn wir durch ein durchsichtiges Glas die Welt begutachten? Wie können wir sicher sein, dass nicht irgendeine durchsichtige Modifikation unsere Sicht verzerrt? Oder ist etwas dann transparent, wenn wir eine Personenakte mit allen darin versammelten Details durchsehen? Was kann uns versichern, dass nicht irgendeine Maschine oder ein Mensch ein Detail geschwärzt oder verändert hat? Transparenz ist nur durch absolute Kontrolle möglich und daraus folgt:

Sicherheit durch absolute Kontrolle

Justitia ist die Allegorie der Gerechtigkeit. Doch was ist Recht und was ist Unrecht? Ist es gerecht, wenn ich ein angeblich unentdecktes Gebiet finde und es meinem Besitz zuschreibe, weil ich es ja zuerst gesehen habe? Gerechtigkeit muss immer von mehreren Seiten betrachtet werden. Einmal aus der Sicht von Person A, dann aus der von Person B und so weiter. Justitia bildet sich ihre neutrale Meinung und es gewinnt die Person, welche besser zu ihren Gunsten argumentieren kann. Vielleicht ist Justitia ja doch nicht so gerecht.

Fairness – eine Frechheit von Buchstabenkombination. Wie kann etwas fair sein, wenn es nicht einmal gerecht sein kann? Wenn man dein arbeitsintensives Werk zerstört, weil du angeblich nicht gut genug bist, ist das aus der Sicht des Tyrannen fair, aber du bist sicher anderer Meinung, oder stimmst du dem Tyrannen zu? Doch was führt dich zu deiner Ansicht, ist es das Wetter, dein Zuhause oder vielleicht etwas ganz anderes? Schlussendlich ist Fairness das Produkt deiner gegebenenfalls absurden oder grotesken Werte, welche dich schon als Embryo beeinflusst haben, also ist sie falsch! Wie kann eine so profunde Abscheulichkeit Einzug in unseren Sprachgebrauch gehalten haben? Daraus folgt:

Gerechtigkeit durch falsche Werte

Die eigentlichen Regierungsparolen lauten also:

Wahrheit durch Lügen

Sicherheit durch absolute Kontrolle

Gerechtigkeit durch falsche Werte

Damit kann ich zum Martyrium avancieren, alles was jetzt noch fehlt, ist die fabelhafte Verkündung meiner gewonnenen Erkenntnisse. Ich will nicht in eine Gummikammer mit der Diagnose bipolare Persönlichkeitsstörung in Kombination mit Narzissmus gesperrt werden, daher verberge ich mein Gesicht hinter einer Maske. Von nun an ist meine Kunstpersona der unbesiegte Sonnengott Sol. Vielleicht ein wenig unkreativ, aber dafür kann ich so ein unvergessliches Theaterstück aufführen und dafür sorgen, dass es von ganz vielen Personen gesehen wird.

Durch den ersterbenden Schlussakkord des Lacrimosa erwache ich aus meiner tiefen Trance und merke, dass alles nur ein Gespräch mit meinem Unterbewusstsein war. Schockiert, welche Züge dieses angenommen hat, ist mir bewusst, dass irgendwann mein Unterbewusstsein Kontrolle über mich gewinnen wird. Einen Blick auf meinen Zettel bestätigt meine Verunsicherung. Obwohl die Regierungsparolen unverändert weiterhin mit Graphit geschrieben sind, reiht sich bereits auf dem Papier die abgewandelte Schlussfolgerung. Anscheinend muss ich diesen Pfad beschreiten. Schweiß rinnt meinen Rücken hinunter beim Gedanken daran, wie tief ich in diese Sache schon verstrickt bin. Ich weiß, dass es kein Zurück mehr gibt und somit komponiere ich meine abgrundtiefe Tragödie selbst. Ich zeichne meine Maske mit allen Details und presse sie so fest an mein Antlitz, dass die Linien zwischen Ich und Persona fast unerkennbar sind. Sol Invictus ist ein weiteres Mal auf die Erde hinabgestiegen, um Mithras zu begegnen.

In den nächsten Tagen versuche ich meine grotesken Pläne so gut wie möglich zu vergessen, doch meine grenzenlose Leere zerrt mich immer tiefer in den Abgrund. Meine Abschlussarbeit wird zur Nebensache und jegliche Gestik und Mimik verblasst, meine Maske lässt ja auch nur einen starren Blick ohne jegliche Muskelreize zu. Als ich den letzten ersterbenden Akkord meiner Tragödie geschrieben habe, kann mein Pfad zum Martyrium beginnen.

In der Dunkelheit stehe ich vor dem Regierungsgebäude. Durch die Scheinwerfer erkennt man die teils schon stark bröckelnde, dennoch strahlende Fassade. Ich weiß, dass genug Sicherheitskameras meine Aktion aufnehmen werden. Deswegen habe ich zusätzlich meine eigene mitgebracht, damit alles perfekt ins Bild gesetzt werden kann. Ich starte die Musik, um mich in meine Rolle zu vertiefen. Zuallererst stelle ich zwei Leitern links und rechts von mir auf. Dann hole ich meine Spraydosen aus dem Rucksack und mit penibler Präzision sprühe ich die Umrisse der Sanduhr auf die Fassade. Schön groß, so ist der Schandfleck auch aus weiter Entfernung erkennbar. Natürlich sind in der Farbe reflektierende Pigmente gemischt, um maximale Sichtbarkeit zu gewährleisten. Nun noch das zersprungene Glas und ein paar Sandkörner, welche zu Boden fallen und schon ist die größer als geplant ausgefallene Sanduhr mit ihrer Neigung komplett. Jetzt noch beide Leitern zu einer zusammenstecken und den Umriss der oberen Flamme schön gleichmäßig aufsprühen. Bevor ich das Symbol fertigstelle, müssen noch die zwei Liedphrasen, welche mich schon so lange verfolgen darübergeschrieben werden.

Glaubst du an die Lügen?

Deine Zeit läuft ab!

Daraufhin sprühe ich den unteren Umriss der Flamme und schreibe meine Interpretation der Regierungsparolen dazu. Abschließend kennzeichne ich mein Kunstwerk mit meiner Unterschrift.

Ich stoße mich kopfüber in den Abgrund, meine Tragödie ist vollendet und der Vorhang fällt mit dem ersterbenden Akkord der Lacrimosa. Jetzt noch das Video bearbeiten und es auf jeder möglichen Plattform teilen. Ich habe etwas komplett Illegales gemacht, eine Tat begangen, welche keinem gesunden Menschen zugeschrieben werden kann und meine Begeisterung und Freude ist destotrotz schwer zu verheimlichen. In meinem Bett liegend spüre ich, wie ich wieder klar denken kann und konzentriere mich erneut auf die Abschlussarbeit. Obwohl meine Tat erst vor kurzem begangen wurde, fühle ich keine Emotionen mehr.

Es dauert nicht lange, bis ich vom Geschrei meiner Eltern aufgeweckt werde, die mein Theaterstück mit

Abscheu in den Nachrichten gesehen haben. Jeder Fernsehsender, jeder Radiosender und jede Zeitung schaltet eine Sondermeldung über das fast schon in Vergessenheit geratene Symbol. „Eine vehemente Beleidigung der Regierung und des ganzen Volkes." „Das perverse Werk eines Verrückten – gar des Teufels." „Wer ist Sol Invictus?" Das sind nur einige Schlagzeilen.

Nach meinem Meisterwerk werde ich selbstverständlich von den Nachrichten aus meinem Freundeskreis begraben. Wie es scheint, haben diese die Fähigkeit für sinnvolle Formulierungen verloren. Es ist alles nur noch eine nicht nachvollziehbare Buchstabensuppe. Die ganze Busfahrt über wird in den Nachrichten ohne Werbe- oder Musikunterbrechung über mein Kunstwerk geschimpft. Selbst in der Schule wird statt des vorgesehenen Lehrplans über das große Ereignis gesprochen.

Einen Blick in die sozialen Medien verrät, dass mein Video schon abertausende Male gesehen wurde und ich weiß, dass ich mit dieser Aktion Mithras ins Staunen versetzt habe. Selbstbewusst und zugleich verunsichert gehe ich nach Hause und bemerke dabei einen penetranteren Geruch von Schwefel. Nach meinem Meisterwerk bin ich wieder konzentriert genug, um zu lernen. So plane ich die letzten wichtigen Vorbereitungen für meine bevorstehende Abschlussprüfung, um nicht abschließend eine Ehrenrunde drehen zu müssen. Ein erneuter Blick auf die Wand erzeugt dann doch Unwohlsein. Eigentlich will ich meine Zeit nutzen, um eine deutlichere Vision meiner Zukunft zu bekommen, doch ich merke, dass ich keinen Schritt vorwärts gehe, eher zwei Schritte zurück. Was nutzt all die Bildung, wenn man nicht einmal erahnen kann, wie man glücklich und zufrieden werden kann? Wie kann es sein, dass das Bildungssystem perspektivlos ist? Der Lehrplan ist mit Prüfungen und weiteren Aufgaben überfüllt. Was bringen all die Informationen, wenn man sowieso achtzig Prozent des Erlernten wieder vergisst?

Während ich in meine Gedanken vertieft bin, höre ich eine Nachricht durch die Wand hindurch: „Wer etwas über eine Person namens Sol Invictus weiß und sie den Behörden mitteilt, wird entgeltlich entlohnt." Mit meiner Aktion avanciere ich zur Beute des Staats. Wollte ich das erreichen oder habe ich mich schon so weit von mir selbst entfremdet? Da ich nicht einmal eine Idee von meiner Zukunft habe, bin ich auch nicht dazu berechtigt, zu wissen, welche Person ich wirklich bin. Wie kann mich jemand kennen, wenn ich nicht einmal selber weiß, wer ich bin? Bin ich so mit meinen Aufgaben und Verpflichtungen beschäftigt, dass ich nicht einmal mehr Zeit für mich selbst habe? Immer sofort zur Stelle, wenn andere Hilfe benötigen, nur um meine eigenen

Hilfeschreie zu überdecken. Genug Zeit, diverse Unterhaltungsmedien anzuschauen, aber keine Zeit, in sich selbst zu schauen. Immer Ausreden und Bagatellen suchend, um ja keinen Moment der Ruhe zu genießen und keine Zeit des Nichtstuns zu erleben. Nur so kann man der Gesellschaft gerecht werden. In solche Zeiten sind wir abgedriftet.

Daraufhin lege ich alles beiseite und überlasse mich der Mediation und dem daraus folgenden Gespräch mit dem Unterbewusstsein. Ich konzentriere mich auf einen gleichmäßigen Atem und nachdem sich mein Puls beruhigt hat, startet meine innerliche Reise. Ich sehe vergessene Bilder meines Werdegangs und erkenne kleine, wegweisende Entscheidungen, welche die meiste Zeit unterbewusst, aber doch durch vergangene Erlebnisse deterministisch vorgezeichnet waren. Viele Entscheidungen werden nicht einmal vom Selbst getroffen, sondern die Würfel liegen in anderen Händen. Es ist ironisch, dass wir vom einen auf den anderen Moment selbst entscheiden sollen, wenn uns das ganze Leben über diese Entscheidungen doch verwehrt bleiben. Kurz bevor ich in der Gegenwart ankomme, verändert sich die Gestalt meiner Zeitachse. Davor schillerte sie noch in allen Farben des Spektrums, doch nun bleichen die Farben des Prismas aus und mein Pfad wird immer grauer und ist mit schwarzen Flecken übersät, bis zu dem Punkt, wo kein Licht mehr hineinkommt und nur noch ein Schwarz erkennbar ist. Es ist der Abgrund, in welchen ich mich selbst geworfen habe. Alle Entscheidungen, die ich mehr oder weniger selbst getroffen habe, werden von diesem Abgrund verschlungen und ein eindeutiger Weg ist nicht mehr zu erkennen. Soweit habe ich also meine Gedanken schon eingedreht und ein Ende der Spirale ist kaum mehr zu sehen. Die Klippen werden immer steiler und die schroffen Wellen prallen wirkungslos daran ab. Meine Seele ist trist, bis zur vollkommenen Schwärze meines unersättlichen Lochs. Ich bin von Dunkelheit vollständig umhüllt. Meine Emotionen verbergen sich hinter einer reizlosen Maske und das tickende Uhrwerk rotiert nicht mehr. Entschied ich mich für einen hoffnungslosen Pfad, ohne jegliche Möglichkeit zur Flucht? Meine Gedanken vernebeln sich und das Letzte, was ich erblicke, ist das aufrichtige Lächeln des rabenschwarzen Abgrunds.

IV

Verwundert und komplett dehydriert wache ich in meinem Bett auf. Schockiert blicke ich auf meine Uhr, es ist bereits der Nachmittag des nächsten Tages. Einen Tag hatte ich also meine unheilvolle Vision und ich werde alles in meiner Macht Stehende versuchen, damit dies nur ein Albtraum bleibt und keine Realität wird. Noch immer überbieten sich in der Presse und in den sozialen Medien die Schlagzeilen zum Symbol und obwohl schon an einer neuen Fassade gearbeitet wird, spricht man von einem irreparablen Schaden und einem negativen Kapitel in der Geschichte unserer Stadt.

Habe ich es vielleicht zu weit getrieben, ohne jegliche Vernunft? Doch was hätte ich sonst tun sollen? Außerdem bringen mich solche Gedanken nicht weiter – was getan ist, ist getan. Ich muss schauen, wie ich mich irgendwie aus den Klauen der Bestie befreien kann. Unter Selbstzweifeln läuft meine Zeit ab. Schnell informiere ich mich darüber, was ich alles in der Schule verpasst habe und bereite mich weiter auf meinen Abschluss vor. Wenn das einmal vorbei sein wird, kann ich mich voll und ganz auf mein Problem konzentrieren.

Am Abend folge ich der Delamus, um den Tatort des Geschehens zu betrachten. Eine Absperrung und ein Sichtschutz versperren den Weg zum

Regierungsgebäude. Die Fassade ist fast komplett renoviert worden, die Risse und Schäden sind nicht mehr zu sehen. Alles ist fast so, wie es einst war, nur die letzten Zeilen der Regierungsparolen müssen noch überdeckt werden. Die Wahrheit will man so lange wie möglich aufrechterhalten. Während meines Heimwegs sehe ich, dass jede zweite Fassade das Symbol mit der Sanduhr trägt. Ab und zu sind darauf sogar die abgewandelten Regierungsparolen zu lesen. Ich habe unaufhaltsame kleine Steine losgetreten. Die Veränderung ist nicht mehr aufzuhalten, ich kann sie nur noch in die richtige Richtung zu manövrieren versuchen.

Zu Hause finde ich einen weiteren Brief von Mithras. Aber ich habe nicht das Verlangen, ihn jetzt zu öffnen, denn es stehen wichtigere Sachen an. Es ist schon wieder Wochenende und nachdem ich die letzten Vorbereitungen für meinen Abschluss getroffen habe, nutze ich die Chance, um die Nachrichten und die sozialen Medien zu durchstöbern.

Der Journalismus ist immer noch außer sich und rätselt, wie man so eine groteske Aktion hat ausführen können. In den sozialen Medien stößt man auf mehr Toleranz. Es gibt viele Dankesschreiben und Grüße. Viele freuen sich, dass endlich jemand die Stimme erhoben hat und die Wahrheit ans Licht bringt. In extremen Fällen wird Sol Invictus als Messias bejubelt. Doch leider verbreiten gefälschte Accounts viel Inadäquates und fordern radikale Aktionen. Die schlimmste Wortmeldung ruft sogar zur Stürmung und Zerstörung des Regierungsgebäudes auf. Das ist die Kehrseite der Medaille, welche unbedingt gestoppt werden muss. Doch wie kann ich meine Identität beweisen und gleichzeitig eine Warnung aussprechen? Dem Anschein nach hat niemand meine Sol-Maske authentisch nachgebildet. Eigentlich sind es nur irgendwelche ausgedruckten Fotos eines Sonnengesichts. Nach meiner Warnung werden aber sicher sehr viele akkurate Fälschungen davon angefertigt werden, somit muss ich mir etwas anderes überlegen. Was wäre eindeutig und fälschungssicher?

Die Stadt hat ihre Wurzeln im antiken Rom. Was für Verträge haben die Römer oder ältere Zivilisationen verwendet? Eine kurze Recherche ergibt, dass dafür eine Tontafel auseinandergebrochen und die Teile den jeweiligen Vertragspartnern überreicht wurden. Die Bruchstelle ergab ein einmaliges Muster, wodurch diese Methode fälschungssicher war. Bei einem Wiederkehren wurden die Einzelteile aneinandergehalten und wenn die Bruchkanten übereinstimmten, ergab sich die einstige vollständige Tafel. Ich habe die einzigartige Maske auf und werde während der Aufnahme eine Tontafel zerbrechen und auf die Bruchkante verweisen. Somit wäre meine Identität bestätigt. Ich muss nur genug

Autorität bis zum Bruch ausstrahlen, sonst komme ich vielleicht auch nur als billige Nachahmung rüber. Das Video muss unbedingt in einem fensterlosen Raum und mit Stimmverzerrer aufgenommen und es müssen zusätzliche Sicherheitsmaßnahmen getroffen werden. Schließlich bin ich ja eine gesuchte Person. Nachdem diese Vorbereitungen getroffen sind, beginnt die Aufzeichnung.

„Wie ihr an der detailreichen Maske erkennen könnt, handelt es sich tatsächlich um die Person, die durch das Kunstwerk am Regierungsgebäude für ziemlichen Tumult gesorgt hat. Damit ihr auch in Zukunft immer wisst, dass ich es bin, zerbreche ich jetzt diese Tontafel. Merkt euch die einmalige Bruchkante dieser zwei Hälften. Von nun an startet jede zukünftige Nachricht mit dem Vorlegen dieser zwei auseinandergebrochenen Hälften.

Kommen wir nun zum wirklich Wichtigen. Leider gibt es sehr viele billige Kopien, die meinen Namen durch den Dreck ziehen und euch zu irgendwelchen sinnlosen und teils radikalen Aktionen anzetteln. Deswegen bitte ich euch, diese Stimmen einfach zu ignorieren. Ihr werdet hier erfahren, wenn etwas ansteht. Spitzt eure Ohren und haltet nach legitimen Informationen Ausschau. Euer unbesiegter Sonnengott Sol!“

Hoffentlich wird durch meine Nachricht die Verbreitung der Lügen gebremst. Was kann ich noch unternehmen, um wieder Kontrolle über mein Schicksal zu bekommen? Ich erkenne meine Erschöpfung und fürs Erste wird ausreichend Schlaf die beste Aktion sein.

Am nächsten Morgen sehe ich, dass immer weniger Fälschungen im Netz kursieren und die letzten Imitatoren zumindest zwar eine schöne Maske haben, aber den einmaligen Bruch nicht nachstellen können. Positiv gestimmt setze ich mich an meine Notizen. Nächste Woche wird es so weit sein, die Abschlusswoche beginnt und danach habe ich wieder etwas Raum zum Atmen. Trotzdem lassen mich meine Zukunftsängste nicht los. Was soll ich einmal werden? Kopfschüttelnd verberge ich den Gedanken in einer entfernten Ecke meines Gehirns.

Hysterisch packe ich meine Sachen zusammen und kontrolliere alles mindestens dreimal, bevor ich zum nächsten Punkt auf der Checkliste gehe. Nachdem beim Packen schon gefühlt Äonen vergangen sind, stellt sich nun die noch viel komplexere Frage, was ich in der Woche anziehen soll. Vertieft in meine Vorbereitungen, neigt sich der Tag dem Ende zu. Es wird bald so weit sein, ein weiterer Lebensabschnitt geht vorüber und die Zukunft birgt so viele Fragezeichen wie noch nie.

Ich fahre zur Schule. Im Prüfungssaal spürt man die angespannte Atmosphäre. Etliche Reihen von Computern erstrecken sich über den Saal und der Geruch von Schweiß und Desinfektionsmittel steigt auf. Während der Prüfung ist es so leise, dass selbst das Geräusch einer herabfallenden Stecknadel ohrenbetäubend wäre. Die Oberfläche der Tastatur fühlt sich abgenutzt und alt an, obwohl die Regierung ja so viel Wert auf zeitgemäße Ausrüstung setzt. Das letzte Mal, dass hier irgendetwas Neues eingebaut wurde, war bei der Renovierung vor fünfzehn Jahren und selbst da kam schon veraltete Technik zum Einsatz. Es war nur ein leeres Versprechen, um bei der Wahl ein paar weitere Stimmen zu bekommen. Als noch Prüfungszeit übrig ist, ich jedoch bereits fertig bin, zeichne ich das Symbol auf einen Zettel und lasse diesen unbemerkt im Gang fallen.

Die restliche Woche bringt keine allzu großen Überraschungen und mit Ach und Krach schließe ich positiv ab. Obwohl ich mich freuen sollte, dass alles vorbei ist und ich endlich eine freie Person bin, reißt ein kleines Loch in meinen Gedanken auf, das Bewusstsein des Abschlusses füllt mich mit Leere. Was bleibt in so einem Moment? Zu Hause packe ich alle Schulsachen in eine Kiste, wo sie verstauben. Ein Blick durch den Raum offenbart mir einen kleinen Blick in die Zukunft: der Brief von Mithras liegt auf meinem Schreibtisch. Mechanisch, ohne jegliche Regung öffne ich ihn.

„Meine Gratulation, von nun an bin ich dein Lehrer! Mit einem famosen Meisterwerk hast du dich in die Geschichtsbücher der Stadt geschrieben. Leider konnte ich diese glanzvolle Aufführung nicht live miterleben. Was ich dafür gezahlt hätte! So determiniert, fokussiert und taktvoll zur Musik, die ich hören konnte – wirklich grandios! Ich hätte es nicht besser hinbekommen und das sagt schon viel aus. Ich wollte dir beim Entzünden deiner Flamme mit meinem letzten Brief helfen, aber dass aus diesem kleinen Funken gleich ein Inferno werden würde, ließ mich in Staunen zurück. Du hast dein Martyrium, bevor es überhaupt richtig losging, mehr als übertroffen. Vielen hast du beim Öffnen ihrer Augen geholfen. Chapeau! Beim Künstlernamen etwas unkreativ, dafür aber umso effektiver. Du hast deinen Wert bewiesen, jetzt zeig ich dir wie versprochen die verborgenen Geheimnisse. Hoffentlich überschätze ich nicht deine Fähigkeiten, aber nach so einer Aktion kann dich nichts mehr stoppen. Triff mich dort, wo Götter unsterblich wurden und heutzutage immer eine gewisse Unruhe besteht.

Lass dir Zeit, ich weiß, dass du kurz vor deinem Abschluss stehst, aber die Woche darauf bietet sich an. Mach dir keine Sorgen, ich sehe wenn du am gesuchten Ort angekommen bist.

PS: Alte Legenden berichten von einem Ort, wo nie Sonnenlicht eingedrungen ist"

Wieder das Wachsiegel und darunter „gezeichnet von Mithras".

Also ist dieses Mal ein kleines Rätsel zu lösen, bevor ich ihm endlich begegnen werde. Ich genieße sein hingeworfenes Lob, dass ich alle Erwartungen gesprengt hätte. Er will mich also treffen an einem Ort, wo Götter unsterblich wurden, wo laut Legenden noch nie Sonnenlicht eingedrungen ist. Ein bisschen mehr Präzision wäre angebracht, aber er will noch ein letztes Mal meine Fertigkeiten testen. Ein Ort, wo Götter unsterblich wurden, sind gedruckte Bücher, aber ich bin mir sicher, dass er einen tatsächlichen Ort meint und nicht irgendwelche Papierseiten. Ein Ort, wo kein Sonnenlicht eingedrungen ist, muss unterirdisch sein. Legenden berichten darüber, somit ist es wahrscheinlich ein alter und vergessener Ort. Wo werden Götter unsterblich? Bücher sind sicher nicht gemeint, vielleicht unter der Bibliothek oder dem Tempel? Doch ich habe dort noch nie irgendwelche in den Untergrund führenden Stiegen[2] gesehen. Auf jeden Fall gibt es bei der

Bibliothek keine, beim Tempel bin ich mir nicht ganz sicher. Alte Orte, wo dementsprechend alte Götter unsterblich wurden: Welche Götter könnten gemeint sein? Er hat extra die Mehrzahl benutzt, also kann es keine Kirche sein, denn nur die Heiden hatten Götter. Es muss ein Ort in dieser Stadt sein, die Legenden zufolge eine römische Gründung ist. Die Römer hatten unterschiedliche Götter. Nun liegt die Antwort auf der Hand: Unter den Göttern befindet sich Mithras, der später eine Symbiose mit Sol einging und so wurden an diesen Orten zwei Gottheiten unsterblich.

Ich recherchiere über die Anbetungspraktiken von Mithras und finde eine Antwort. Mithras wurde meistens in Grotten oder Höhlen in der Nähe einer Wasserquelle verehrt und durch seine Glaubensgemeinschaft unsterblich. Also muss ich alle größeren Quellen nach unterirdischen Grotten und Höhlen absuchen. Etwas mehr Präzision wäre wünschenswert gewesen ... Ich nehme eine Stadtkarte zur Hand und überlege, welche Orte ich besuchen muss. Wie kann es sein, dass während des Schwefel- und Phosphorabbaus nie Grotten gefunden und dokumentiert wurden? Wie dem auch sei, als ersten Ort entscheide ich mich für die Lacrima im Erholungspark.

---

[2] hochdeutsch: Treppen

Ich suchte jeden Zentimeter entlang des Sees ab und drehe jeden Stein im Park um, doch es ist weit und breit kein Eingang in Sicht. Zum allerersten Mal fällt mir auf, dass der See einen ihn speisenden Fluss, aber offensichtlich keinen Abfluss hat. Wie ist es möglich, dass der See nicht überläuft? Wahrscheinlich gibt es einen unzugänglichen Abfluss. Weil der See aber eine gewisse Größe hat und ich noch nicht komplett verrückt bin, entscheide ich mich gegen einen Tauchgang. Ich nehme meine Karte in die Hand und versehe den See darauf mit einem Fragezeichen. Hoffentlich finde ich bei den nächsten Orten etwas, denn das gesamte Ufer entlang des Istros abzusuchen ist vielleicht doch ein klein wenig zu viel Arbeit.

Meine Suche setze ich beim Kurpark in der Nähe der Arena fort. Auch dort starre ich jeden einzelnen Grashalm an und wieder ohne Erfolg. Doch bevor ich weitergehe, schaue ich noch bei der Arena vorbei. Das Glück ist auf meiner Seite, jemand hat eine Außentür nicht zugesperrt und somit gelange ich in die Personalabteilung. Mehrmals im Kreis gehend, finde ich ein altes Stiegenhaus[3], welches in die Tiefe führt. Ernüchternd muss ich den Heimweg antreten, als ein zunächst viel versprechender Gang bei einer

---

[3] hochdeutsch: Treppenhaus

verschütteten Öffnung endet. Aber ich weiß jetzt, dass es diese heiligen Stätten vielleicht hier gibt. Ich markiere diese Stelle mit einem Ausrufezeichen und schreibe „Verschüttet" als Kommentar dazu.

Am nächsten Morgen gehe ich zu meinen letzten zwei Positionen. Zuerst suche ich eine Strecke entlang des Westufers des Istros ab, doch ich komme erneut mit leeren Händen zurück. Ich streiche diese Stellen auf meiner Karte durch und bete, dass der kleine Park in der Nähe des Bahnhofs einen Eingang versteckt hält. Dort angekommen, bemühe ich mich, diese eine Narrenhoffnung erfüllt zu finden. Unter jedem Blatt und Stein suche ich, doch wieder werden meine Erwartungen enttäuscht. Frustriert mach ich mich auf den Heimweg. Anstatt den schnellsten Weg zu nehmen, entscheide ich mich für die Route über den Bahnhof und dann entlang der Flusspromenade in Richtung Norden. Obwohl ich schon mein ganzes Leben in dieser Stadt verbringe, bin ich noch nie auf diese Weise zum Bahnhof gegangen. Es ist faszinierend, dass man meint, seinen Heimatort wie seine Westentasche zu kennen und doch gibt es immer wieder unbekannte Strecken und Wege. Kurz vor dem Bahnhof wird mir klar, warum niemand diesen Pfad benutzt, denn man geht hier auf losem Untergrund und durch dichtes Gras. Beim Bahnhof angekommen, muss man erst den ganzen Zaun entlanglaufen bevor man auf das Gelände gelangt.

Mein Blick gleitet entlang der Absperrung, wo ich zwischen Gebäudewand und Zaun eine kleine Vertiefung erkenne. Dass muss mein gesuchter Eingang sein. Ich versichere mich, dass kein Strom durch den Draht fließt und springe mit Anlauf über die niedrige Hürde. Mitten im Nirgendwo an einer komplett uninteressanten Mauer findet also mein Treffen mit Mithras statt. Ein wirklich gutes Versteck, unauffällig, ohne Überwachung und keine Menschenseele in Sicht. Perfekt für den Puppenmeister, um ungestört im Dunkel seine Fäden zu ziehen.

Vorsichtig nähere ich mich der Vertiefung und Zweifel überkommen mich. Ist das wirklich das, wonach ich gesucht habe, oder ist nur eine weitere Enttäuschung? Ein alter vergessener Ort, so habe ich es genannt und es gibt keinen Ort, auf den diese Benennung besser zuträfe. „Mach dir keine Sorgen, ich weiß, wenn du am gesuchten Ort angekommen bist." Es gibt hier niemanden und du wirst sicher nicht die ganze Zeit auf mich warten, also wie willst du wissen, dass ich genau jetzt unseren Ort gefunden habe? Kurz nach den ersten Stufen stehe ich vor einer eisernen Tür, auf der fast komplett verblasste Warnungen zu erkennen sind. Somit ist offensichtlich, dass man bereits früher von diesen

Gängen wusste. Warum wurden diese nie dokumentiert und was gibt es dahinter zu verstecken?

Mit scharfem Blick schaue ich mir die Tür an. Es ist eine standardisierte verschlossene Stahltür, nichts Besonderes. Meine Augen fokussieren das Schloss und die Türschnalle[4], wo das Symbol aus meinem Kunstwerk zu erkennen ist. Darüber hinaus sind drei Einkerbungen zu sehen. Ich platziere meine Finger auf den markanten Stellen und drücke die Schnalle[5] nach unten.

---

[4] hochdeutsch: Türklinke
[5] hochdeutsch: Klinke

V

Ich höre, wie ein Bolzen einfährt und die Tür öffnet sich mit einem lauten Quietschen. Im selben Moment läutet eine Glocke und man steht vor einer weiteren, dieses Mal transparenten Tür. Kurz danach blitzt es und eine Gesichtserkennung wird durchgeführt. Nach erfolgreichem Scan werde ich von einer Sprachnachricht begrüßt. Anscheinend wurde mein Schulporträt in das System eingespielt.

Es begrüßt mich eine tiefe Altstimme, welche bereits nach Tenor abrutscht – wahrscheinlich jene von Mithras.

„Willkommen! Wie mein System erkannt hat, hast du unser kleines Versteck gefunden. Falls ich anwesend wäre, würdest du nicht von dieser Sprachnachricht, sondern persönlich von mir begrüßt werden. Beim Eintreten wird automatisch eine Nachricht an mich gesendet und ich werde wahrscheinlich in ungefähr einer halben Stunde bei dir sein. Mach es dir in der Zwischenzeit gemütlich. Weiter hinten gibt es einen kleinen Warteraum, wo ich dich über eine zusätzliche Nachricht in alles einführen werde. Ich gratuliere dir jetzt schon zu deiner Leistung, es gibt nur eine Handvoll Personen, welche diesen Ort kennen. Die meisten wissen überhaupt nicht, dass es Mithras-Schreine unterhalb der

Stadt gibt. Alles Weitere erfährst du dann von mir persönlich und eine kleine Einführung bekommst du im genannten Warteraum."

Nach dieser Begrüßung öffne ich die transparente Tür und es ist eine ganz leichte Salz- und Schwefelnote in diesem sonst neutral riechenden Gang wahrzunehmen. Einige Meter weiter gelange ich zu dem von Mithras angesprochenen Warteraum, der nicht viel größer als neun Quadratmeter ist, mit zwei Sitzbänken und einem Tisch in der Mitte. An der Wand gibt es einen kleinen Wasserstrahl, der in ein Loch in der Wand verschwindet, daneben stehen Gläser. An einer weiteren Wand findet man ein Bücherregal, wo ein Exemplar von „Roms faszinierendes Imperium" vorzufinden ist. Des Weiteren ist das Regal mit Werken von Cicero, Aurelius, Plato, Nietzsche, Jung und so weiter verziert, alle in schönen Ledereinbänden. Der Raum wird von vier Deckenspots, die jeweils in den Ecken angebracht sind, ausgeleuchtet. Außerdem sind kleine Lautsprecher zu erkennen. An der anderen Seite führt eine Stahltür in einen Gang und daneben befindet sich eine Gegensprechanlage. Die unheimliche absolute Stille wird nur durch das leise Plätschern des Wasserstrahls unterbrochen. Die Temperatur fühlt sich wie angenehme 16 Grad an und eine seichte Prise gleitet in Richtung der Stahltür über die Haut. Tastet man die Wände ab, werden die

Fingerkuppen von einem hauchdünnen Wasserfilm ummantelt und man berührt leicht abgeschliffene, ab und zu stärker abgerundete Steinwände. Der seichte Wasserfilm formte diesen Raum scheinbar über Millionen von Jahren. Ich nehme ein Glas, fülle es mit Wasser und bediene die Gegensprechanlage.

Erneut werde ich von dieser vollen tiefen Altstimme begrüßt: „Mach es dir gemütlich und such dir ein Buch aus dem Bücherregal aus, in wenigen Augenblicken werden wir uns von Angesicht zu Angesicht stehen. Wie du wahrscheinlich schon bemerkt hast, ist dieser kleine Raum ein Produkt von Millionen von Jahren. Natürlich leicht modifiziert, damit man diese Nachricht hören kann und nicht mehr Kerzen als Leuchtmedium verwendet werden müssen. Der Gang hinter der Tür ist aber größtenteils natürlich. Du hast sicher viele Fragen, welche ich dir gerne persönlich beantworten werde. Mein Hauptziel ist es, Interessierte auf die jahrelangen Lügen dieser erbärmlichen Regierung und die wahre Identität der Stadt hinzuweisen. Wie du sicher schon vernommen hast, spielt der vergessene Mithras eine Hauptrolle in diesem Theaterstück, aber mehr zu ihm später. Dass du dich in diesem Raum befindest heißt, dass du dich als würdiges Individuum für meine Geheimnisse erwiesen hast. Meine Gratulation, eine Ehre welche nur wenigen gebührt. Aber das heißt jetzt nicht, dass du diesen Status bis ans Ende deines Lebens führen wirst. Eine falsche Aktion und du lernst mein wahres Ich kennen. Falls du jetzt Angst bekommst und den Gedanken hast, mich an die Behörden auszuliefern, muss ich dich leider enttäuschen. Mich gibt es nicht und sie würden dich ins Irrenhaus stecken. Also denk nicht einmal daran und falls du es durch irgendein Wunder doch schaffen solltest, mich zu verraten, werde ich das erfahren und kurz darauf wird es dich nie gegeben haben, du wirst aus jedem Register und jeder Eintragung gelöscht sein. Nur als kleine Einführung in meine Möglichkeiten."

Gänsehaut zieht sich über meinen gesamten Körper und ein schockierendes Gefühl der Angst steigt in mir auf. Doch das war noch nicht das Ende der Sprachnachricht.

„Falls du durch meine letzten Worte schockiert bist, dann ist es gut so! Wenn du mit mir erbärmlicherweise nicht zusammenarbeiten willst, dann verlass jetzt diesen Raum und nimm meine Warnung ernst! Aber es gibt keinen Grund zur Sorge, nachdem du jetzt schon so weit gekommen bist, wird die Neugierde größer sein als die Furcht, habe ich recht? Also treffen wir uns bald persönlich und mach dir keine Sorgen über deinen Verbleib, wie du mir, so ich dir! Genieße noch die letzten Momente der Ruhe und spüre, wie Adrenalin aus der Neugierde entsteht – dein Mithras!“

Ein schriller Tritonus beendet die Nachricht und die unerträgliche Stille durchzieht den Raum. Wie gebannt sitze ich auf der Bank. Ich habe die freie Wahl: Entweder kehre ich um und verlasse und vergesse diesen Raum auf alle Ewigkeit oder ich umarme die Dunkelheit und akzeptiere meine Entscheidungen, welche mich hierhergeführt haben. Zitternd stelle ich das Glas auf den Tisch und die unendliche Stille, die nur vom Plätschern des Wassers durchbrochen wird, treibt mich fast in den Wahnsinn. Meine Instinkte schreien nach Flucht, doch mein Kopf blockiert jegliche Regungen. Alles, wofür ich gearbeitet, meine Zeit investiert und ein schweres Delikt begangen habe, steht auf Messers Schneide. Es herrscht ein Konflikt zwischen Sinn und Verstand. Ich setze meine Existenz aufs Spiel, aber das Adrenalin schießt durch meine Adern und bannt mich auf die Bank. Doch meine Ängste ergreifen von meinem Körper Besitz und mit aller Kraft erhebe ich mich. Mit schweren Schritten begebe ich mich zur Ausgangstür. Die Angst hat über den Verstand gewonnen. Bei der transparenten Türe angekommenen, öffnet sich das Stahltor mit einem lauten Quietschten und das Schlagen der Glocke hallt in meinen Ohren. Sofort laufe ich zurück in den kleinen Warteraum, setze mich und wische mir den Schweiß von der Stirn. Mit zwei tiefen Atemzügen versuche ich mich zu beruhigen und weiß doch, dass die Würfel gefallen sind. Die freie Entscheidung lehne ich aus der noch größeren Angst, mich zu blamieren, ab. Ich wurde so viel gelobt und aus unerklärlichen Schuldgefühlen kann ich Mithras meine Entscheidung nicht von Angesicht zu Angesicht mitteilen.

Während dieser Gedanken in die Luft starrend, habe ich gar nicht bemerkt, dass gegenüber mir eine Person Platz genommen hat. Konzentriert blicke ich in die grünen Augen meines Gegenübers, welche nur durch die Öffnungen einer Maske betrachtet werden können. Die schlichte und leicht feminine Silhouette ist in creme und kräftigen rötlichen Tönen gehalten. Ein Halbmond schmückt eine Seite, die andere ist mit kleinen goldumrandeten Ornamenten überzogen. Der restliche Anblick wird von einem bordeauxroten stilvollen Anzug mit spitzen breiten Revers, einer dunkelgrauen Weste und ein weißes Hemd komplettiert. Dunkle, smaragdgrüne Lederhandschuhe verbergen mir die Sicht auf die Handflächen. Die Schuhe bestehen aus dunkelbraunem Kalbsleder und ich frage mich, wie es sein kann, dass diese Person angeblich unbekannt ist. So ein Auftritt schreit ja buchstäblich nach Aufmerksamkeit. Die zurückgelehnte Haltung, das linke Bein über das rechte Knie gelegt und die mit den Fingern geformte

Kuppel, strahlt eine von Selbstvertrauen strotzende Aura der Überlegenheit aus.

Die erneute Stille wird von Mithras Worten unterbrochen: „Nun ist es endlich so weit, ein Gespräch zwischen dem geheimnisvollen Mithras und dem Maestro. Du hast mir eine grandiose Unterhaltung geboten und mich in unfassbares Stauen versetzt. Ich freue mich schon auf unsere Zusammenarbeit, es werden ganz gewiss große und erfolgreiche Festspiele. Wie ich sehe, bist du ein wenig überwältigt vom Aussehen der Person hinter meinem Namen, eine nachvollziehbare Reaktion. Aber sei nicht schüchtern, jetzt hast du die Möglichkeit, Antworten auf deine dich umtreibenden Fragen zu bekommen. Du brauchst mir nichts über deine Person erzählen, alle Informationen, die mich interessieren, habe ich bereits. Also, was willst du wissen?"

Bevor ich antworte, zweifle ich an seinem Selbstvertrauen. Solch ein Auftritt kann nur von einem etwas verrückten und eingebildeten „Allwissenden" kommen. Trotzdem hat er alles auf den Punkt gebracht, ich bin ein wenig sprachlos und nervös, vor dieser Person aufzutreten. Ich halte kurz inne und versuche meine erste Frage zu formulieren.

„Wer bist du und was hast du hinter dieser Maske zu verbergen?"

Lachend verliert mein Gegenüber die ernste Sitzposition und antwortet: „So lange wartest du auf diesen Augenblick und alles, was du über die Lippen bringst, ist die Frage danach, wer ich bin? Eine nachvollziehbare Frage, aber darüber muss ich schon schmunzeln. Ich gebe dir die wichtigsten Informationen. Wie du sicher schon gesehen hast, verbirgt eine Maske mein Antlitz. Mein Abbild geht niemanden etwas an. Öffentlich gehe ich selbstverständlich ohne Gesichtsschmuck umher. Aber glaub mir, du wirst mich niemals in der Menge erkenne – auch wenn mein Stil außergewöhnlich ist. Ich bin in dieser Stadt als Ausgestoßener aufgewachsen. Ich hatte nie einen richtigen Namen und irgendwann bin ich über vergessene Kulte auf Mithras gestoßen. Überwältigt von diesem Gott, entschied ich mich für seinen Namen. Wie du sicher schon gehört hast, will ich Interessierte auf die Lügen und die Erbärmlichkeit der vergangenen Regierungen hinweisen. Mehr gibt es nicht zu meiner Person zu sagen."

Ich merke, dass er sicher nicht alles gesagt hat. Anscheinend muss ich alle weiteren Informationen durch geschickte und präzise Fragen extrahieren. Deswegen stelle ich als Nächstes die Frage: „Wie bist du dazu gekommen, über all diese Lügen und Erbärmlichkeit Bescheid zu wissen?"

Belustig entgegnet Mithras: „Ich wusste, dass du schnellst lernst. Eine präzisere Frage, so bekommst du auch bessere Antworten. Als Ausgestoßener muss man sich ständig über seinen Verbleib Sorgen machen. Somit versuchte ich schon früh, Kontakte zu knüpfen, um mir ein hilfreiches Netz aufzubauen. Dadurch bin ich tief in alle Sektionen eingedrungen und es ist erstaunlich, wie leger die Leute mit Amtsgeheimnissen umgehen. Es ist ein wirklich amüsantes Spiel."

Weitreichende Kontakte und die Kunst der Unterhaltung. „Also das allvertraute Netzwerk von Ansprechpersonen. Trotzdem kann ich mir nicht vorstellen, dass ein Charakter wie du jedes Gerücht und jeden Satz einfach als selbstverständlich hinnimmt, schließlich verbreiten sich Lügen schneller als die Wahrheit. Also musst du auch Beweise vorlegen können, oder ist dem nicht so?"

Ernst starrt mir die leblose Maske in die Augen. „Wie ich sehe, bist du erstaunlich misstrauisch, obwohl du einfach jedem Gerücht gefolgt bist, ohne es zu hinterfragen. Natürlich habe ich Beweise, das ist so, wenn man eng mit der Politik zusammenarbeitet. Obwohl ich nie öffentlich auftrete, verteile ich die Figuren im Hintergrund. Ist diese Antwort befriedigend?"

Somit handelt er wirklich als Puppenspieler. Aber wenn er tatsächlich Zugriff auf all diese Informationen hat, warum will er diese nur einer kleinen Elite mitteilen? Eigentlich bräuchte er diese Lügen nur veröffentlichen und er hätte sein Ziel erreicht. Während ich über diese Neuigkeiten verwundert bin, herrscht kurz Stille.

Ein gedämpftes Atmen löst die Spannung und Mithras sagt: „Wie ich sehe, kannst du mit der letzten Antwort nicht viel anfangen, deswegen lass mich dir helfen. Warum will ich dir auf einmal meine Geheimnisse anvertrauen? Die letzten fünfundzwanzig Jahre hat kein Skandal seitens der machthabenden Regierung Schlagzeilen gemacht. Wenn diese Stütze wegbrechen sollte, würde das zu großen Problemen führen und das Volk in Panik ausbrechen."

Mehr verwirrt als noch vor ein paar Momenten, versuche ich einen Sinn in diesen Worten zu finden. Ein Mittfünfziger, der alles aus dem Hintergrund leitet, will junge Personen animieren, dabei zu helfen, dass keine Stütze wegbricht und das Volk nicht in Panik gerät. Ist er auf der Suche nach einer neuen Stütze, um die alte zu ersetzen? Hat er mich für diese Position vorgesehen?

Mit zuckenden Wimpern beende ich diesen Gedankengang. Kurz darauf folgen Mithras Worte: „Wie ich sehe, hast du anscheinend meine letzten Sätze verarbeitet. Ich muss für meine Zukunft vorsorgen und will das nicht dem Schicksal überlassen. Nachdem du alles bis zu diesem Augenblick mit Bravour gemeistert hast, eignest du dich in meiner Vorstellung als perfekte Schachfigur. Du bist nicht nach meiner Begrüßungsnachricht umgekehrt und weggerannt, dadurch hast du diese Annahme bereits bestätigt. Chapeau! Haben wir eine Abmachung?“

Also war ich die ganze Zeit nur ein Bauer auf einem großen Schachbrett und der letzte freie Wille wurde mir genommen. Es war alles nur eine Illusion und die Vision, die ich mit aller Kraft verhindern wollte, ist nun mein einziger Weg. Um eins mit der Dunkelheit zu werden, muss der Abgrund einen verschlingen. Eine Hand streckt sich nach mir aus und bevor ich noch alle Risiken besprechen kann, greife ich wie besessen nach der dargebotenen Handfläche.

Es ist so weit, mein Schicksal ist besiegelt und alle Türen schließen sich mit lautem Knall. Nur noch ein von Schatten verdunkelter Durchgang ist vorhanden. Ich steige in die Dunkelheit und ein lächelnder Mithras begrüßt mich auf der anderen Seite. Ich finde mich wieder vor einer großen Statue, die das Abbild des wahren Mithras zeigt. In dieser Höhle ist die Luftfeuchtigkeit höher. Mein neuer Lehrer stellt zwei Sessel vor uns auf und fragt, ob es noch ungeklärte Dinge gebe? Daraufhin frage ich, ob er mich einen kurzen Moment alleine lassen könne, damit ich die letzten

Ereignisse verarbeiten kann. Mit einer eleganten Wendung verlässt er den Schrein und teilt mir mit, dass ich ihn einfach rufen solle, wenn ich so weit sei.

Alleine sitze ich nun vor der mächtigen Statue des Mithras, einem von Meisterhand gemeißelten Erbe eines verschollenen Gottes. Tief atmend versuche ich meine Gedanken zu sortieren und stelle meine letzten Fragen zusammen. Doch die dominanten Überlegungen sind nur an mich selbst gerichtet: Was tue ich hier? Wieso kann ich nicht einfach wie die Anderen sein? Ich verliere das Gefühl für die Zeit und schwebe in einer endlosen Leere. Ein Parasit wächst unbemerkt zu einer unvorstellbaren Größe und nistet sich in meinem Kopf ein. Ich akzeptiere meine hoffnungslose Lage und ein kurzer Moment von Frieden breitet sich in mir aus. Ich rufe nach Mithras und setze unser Gespräch fort.

In der Hoffnung, so weiterzukommen, stelle ich ihm die Frage: „Warum suchst du schon so früh nach einem Ersatz?“

Zögernd folgt die Antwort: „Du kannst nie früh genug mit der Absicherung beginnen. Morgen kann ich überfahren werden oder an einem Herzinfarkt sterben. Außerdem stehen nächstes Jahr die Neuwahlen an und ich will dich zumindest noch eine Amtsperiode lang beobachten.“

Misstrauisch kontere ich: „Das ist alles, nur eine Absicherung? Und das alles überwachende Auge? Ich weiß, dass mehr dahintersteckt, es wurde genug in Rätseln gesprochen!“

Enthusiastisch folgt seine Reaktion: „Du bist ein wirklich passender Ersatz, immer nach der Wahrheit strebend. Es gibt noch einen weiteren Grund, ich habe lang genug dieses groteske Amt bekleidet und nicht alle Narben heilen mit den Jahren. Es ist an der Zeit, von der Bühne abzutreten.“

Irgendwie verspüre ich Sympathie für Mithras. Immer um sein Überleben kämpfen und nun ist sein Glanz verblasst. Der bittere Beigeschmack des Lebens. Eine Schweigeminute füllt den Raum.

Ich räuspere mich und frage: „Kannst du mir jetzt schon eine Methode mitteilen, wie du deine Puppenstränge zupfst?“

Lachend antwortet er: „Selbstverständlich, sofort über das Geschäft zu reden ist effektiv und gefährlich zugleich. Einer der einfachsten Methoden, um Wahlergebnisse zu manipulieren, geht über die Printmedien. Alleine durch die Überschrift kann man die Aussagen eines scheinbar neutralen Standpunkts zutiefst beeinflussen. Oft können dieselben Themen allein durch ihre Formulierung in das linke oder rechte Spektrum eingeordnet werden. Außerdem sind Statistiken mächtige Werkzeuge um die Leserschaft zu manipulieren. Die Statistiken müssen nicht einmal falsch sein, wenn im Text steht, dass man an diesem Kreisdiagramm die Verteilung der Bevölkerung sehen kann, obwohl nur die Einheimischen und nicht alle mit Wohnsitz eingerechnet sind, speichert der Großteil die Statistik mit diesem Satz ab. Nur wenige nehmen sich die Zeit das Kleingedruckte zu lesen. Wenn man aktiv nur eine kleine Gruppe befragt, kann man eine grandiose nichts aussagende Stimmenschätzung herstellen. Der Mensch ist ein Herdentier und wenn eine Partei klar im Vorteil ist, dann wird diese später gewählt und so avanciert eine mängelbehaftete Schätzung zur Wahrheit. Wenn man noch weiter geht, kann man von einem Printmedium viel positive Berichterstattung über die jeweilige Partei verlangen und die Chancen sind auf einmal komplett anders verteilt. Wenn dann die oberste Instanz des Printmediums gut mit einem aus der Politik befreundet ist, kann man sich denken, was passiert. Das alles ist nicht auf geschriebene Wörter beschränkt. Im Radio und Fernsehen gibt es viel Werbung und wenn man dort immer wieder über diese äußerst positive mögliche Regierungsperson berichtet, wird diese auch den gewünschten Platz bekommen. Und das sind nur die laut Gesetz legalen Möglichkeiten. Im illegalen Sektor gibt es noch so viel mehr!“

Seufzend versuche ich diesen Brocken zu schlucken, das sind tatsächlich relativ einfache und äußerst wirksame Methoden. Mithras fragt mich, ob das alles sei, er müsse bald weiter. Schweigend nicke ich und werde von ihm darauf hingewiesen, dass diese Tür von nun an immer offen stehe und ich ihm für ein weiteres Treffen einfach eine Nachricht schicken soll. Er drückt mir ein Tastenhandy in die Hand und sagt: „Wir tauschen uns nur über dieses Gerät aus. Es sind noch weitere nützliche Kontakte eingespeichert. Mit solchen Handys bleibt man anonym und durch ein eigenes Netz gibt es auch kein ungewünschtes Publikum. Wenn du für das nächste Treffen bereit bist, schreib mir einfach eine Nachricht, es gibt noch viel zu lernen, bevor du deine manifestatio[6] durchlebst. Außerdem solltest du einmal alle Gänge abgehen und diese dokumentieren. Es gibt vier bekannte Eingänge, die Wege beim See und bei der Arena sind blockiert, wie du sicher schon herausgefunden hast. Wenn du nicht tauchen willst, gibt es beim See keine Möglichkeit mehr hierherzukommen, der Eingang wurde komplett zugeschüttet. Jedoch besteht bei der Arena die Chance, dass man den Eingang öffnen kann. Den anderen bekannten Weg wirst du selber herausfinden, wenn du dich mit dem Tunnelnetz

---

[6] manifestatio: Offenbarung

vertraut machst. Hinzu kommt, dass die Stadt eine lange Geschichte hat, nicht einmal ich kann behaupten, dass das alle bekannten Eingänge sind. Vielleicht findest du ja hinter einen Felsen, einer Wand oder über vergessene Pfade einen weiteren. Gehe einmal die Wege ab und zeichne dir eine Karte, vielleicht erweisen sich diese Tunnel als äußerst nützlich."

Zum Abschied reicht mir Mithras die Hand. Ich erwiderte seinen festen Händedruck, somit ist der Vertrag geschlossen und meine Ausbildung durch den fabelhaften Mithras ist offiziell. Danach bin ich wieder von einer erdrückenden Stille umgeben und versuche die letzten Momente zu reflektieren.

Es gibt vier bekannte Eingänge, die anscheinend miteinander verbunden sind. Drei kenne ich bereits, den vierten muss ich erst mit eigenen Augen sehen. Darüber hinaus gibt es keine Person, die das gesamte Tunnelnetz kennt, also muss es nicht bei vier Eingängen bleiben. Gähnend merke ich, wie müde ich bin und ich beschließe, meine kartografischen Künste erst morgen zu überprüfen. Es muss doch irgendeine alte Karte über diese Wege geben? Es ist unmöglich, dass ich eine erste Karte dazu erstelle, wegen des Stollensystems des Bergbaues.

Unbewusst greife ich nach dem Tastenhandy, welches mir Mithras gegeben hat – die Zukunft maßgeblich mitbestimmen, aber immer noch auf veraltete Technologie zurückgreifen. Die alten Tricks sind noch immer die verlässlichsten. Es gibt noch viele, zu viele ungeklärte Fragen und wieder finde ich mich in einem dichten Netz ohne sichtbaren Ausweg wieder. Um mich zu beruhigen, spreche ich während meines Heimwegs wiederholt den Satz „Einen Schritt nach dem anderen" vor mich hin. Erschöpft falle ich ins Bett und habe gegen alle Vermutungen einen traumlosen und sehr ruhigen Schlaf.

VI

Da ich jetzt nach Belieben ein weiteres Treffen anfordern kann, habe ich wieder einen planbaren Ablauf. Zuallererst besuche ich die große Stadtbibliothek, um vielleicht doch eine Aufzeichnung über das historische Tunnelnetz zu finden. Ich brenne mir den Stadtplan ins Gehirn und bleibe ohne neue Erkenntnisse zurück. Ich kaufe einen einfachen Stadtplan und kurz darauf gehe ich alle Tunnel ab und versuche relativ genaue Striche zu ziehen. Ich markiere den See, die Arena und den Bahnhof, also die bereits bestätigten Eingänge.

Bei der Stahltür angekommen, drücke ich wieder gleichzeitig auf die drei Einkerbungen und trete ein. Beim Läuten der Glocke realisiere ich, dass Mithras dadurch immer eine Meldung über meine Ankunft bekommt. So kann ich nie anonym die Tunnel besuchen. Vielleicht überwacht er sogar mit dem Tastenhandy jeden meiner Schritte. Aktuell darf er alles von mir aufzeichnen, es gibt keinen Grund zu paranoiden Anonymität.

Ich passiere die transparente Tür und genehmige mir ein Glas Wasser. Mir sind gestern gar nicht die paradoxe Einrichtung und Gestaltung des Raumes aufgefallen. Warum gibt es einen Warteraum, in welchem vier Personen Platz nehmen können, obwohl Mithras nie mehr als einen Gast begrüßen wird? Auch die vorgefertigten Sprachnachrichten sind komisch. Mithras meint, dass nur eine ganz kleine Elite diese Tunnel kennt, warum gibt es dann diesen Raum und wie viele waren schon vor mir hier?

Mit solchen Fragen kann ich mich vorerst nicht auseinandersetzten, es gibt anderen Dinge mit höherer Priorität. Ich stelle das Glas beiseite und betrete den Gang zum Schrein des Mithras. Analysierend starre ich das Abbild vor mir an. Auf dem Stierrücken mit einem Bein kniend, reißt er mit der linken Hand den Mund des Viehs zurück und mit der rechten rammt er sein Schwert in dessen Herz. Mit dem anderen Bein drückt er dessen hinteren Knöchel zu Boden. Hund und Schlange trinken aus der Stichwunde und ein Skorpion umklammert den Stierhoden. Der Jüngling, gekleidet in eine römische Tunika, wendet seinen Blick während des Stoßes ab. Sein offener Umhang lässt den Sternenhimmel erblicken und sein lockiges Haar ist mit einer phrygischen Mütze bedeckt. In dem ovalen Gesicht sitzt eine tiefe Nase mit breitem Rücken, dadurch haben die olivenförmigen Augen einen eher größeren Abstand zueinander. Der fast symmetrische Mund schmeichelt dem Jüngling. Im Hintergrund sind noch zwei Fackeln, eine ist nach oben und die andere nach unten gerichtet. Die Statue zeigt

Mithras Tauroktonie, also seine Bullenschlachtung, durch welche der Erde das Leben wiedergeschenkt wurde.

Am Boden befindet sich noch eine Tafel, auf der ein nackter Mann mit verbundenen Augen und einem in eine Tunika gekleideten Begleiter abgebildet ist. Die römische Zahl I steht darunter in Stein gemeißelt. Instinktiv übertrage ich die dargestellte Abbildung auf die Rückseite meiner Karte. Obwohl ich jetzt endlich das wahre Abbild des Mithras vor mir habe, sind mir noch immer zu viele Praktiken dieser mysteriösen Figur unbekannt.

In Gedanken versunken untersuche ich nun die unbekannten Pfade vor mir. Ich erreichte eine Abzweigung, nach links komme ich wahrscheinlich zur Arena und geradeaus werde ich vom See begrüßt. Ich wende mich nach links und folge einem langen und monotonen Pfad bis zu einem weiteren Mithras-Schrein. Erneut stellt er das Meisterwerk aus Stein geschlagen dar, eine weitere Tafel, diesmal mit der Kennzahl II, ziert den Boden. Ein weiteres Mal ist auch der nackte Mann zu erkennen, dieses Mal kniend, mit verbundenen Augen und hinter seinem Rücken sind die gefesselten Arme zu erkennen. Der Mann in der Tunika steht hinter dem Entblößten und hält ihn fest. Gegenüber schreitet ein zweiter, auch in eine Tunika gekleideter Aufpasser mit einem Schwert heran.

Ich folge dem Gang bis zu einer weiteren Stahltür und dahinter befindet sich ein mit dem vorherigen identischer Warteraum, nur dass eine Hälfte unter Trümmern begraben ist. Ich befinde bei der Arena. Ich gehe wieder zurück zur Abzweigung und folge dem anderen Weg, der sich kurz darauf teilt. Wieder entscheide ich mich für den linken Pfad und ein wenig später erlebe ich ein weiteres Déjà-vu: ein Abbild des Mithras und eine neue Tafel, welche mit III gekennzeichnet ist. Es sind jetzt nur zwei Figuren darauf abgebildet. Kniend und mit verbundenen Händen, kann der nackte Mann dieses Mal den Aufpasser, der eine Krone in der Hand hält, sehen.

Zu meiner Verwunderung endet der Tunnel vor einem breiten Wasserstrom. Der See hat also einen unterirdischen Abfluss, welcher anscheinend vor langer Zeit begehbar war. Ich dokumentiere auf meiner Karte wieder das Abbild der Tafel und gehe zurück zur anderen Pfadabbiegung, der in einer großen Höhle endet, welche im Mittelpunkt ein weiterer Mithras-Schrein ziert, dieses Mal prachtvoller gestaltet und in größerer Dimension. Ein Blick auf meine Karte zeigt mir, dass ich mich relativ genau unter der Kreuzung von Cardo und Delamus befinden muss, dem wichtigsten Punkt der antiken Römerstadt. Die Höhle erstreckt sich so weit, dass die abschließenden Wände nicht mehr zu erkennen sind und man von der Illusion unendlicher Hallen umhüllt ist. Die Luft fühlt sich feucht an und das leichte Rauschen eines sanften Wasserstroms ist zu hören. Durch die schlechte Ausleuchtung kann man nicht weit sehen, doch der Stadtmittelpunkt strahlt eine besondere Aura aus.

Ich nähere mich der Statue und stelle fest, dass diese mindestens doppelt so groß wie die davor sein muss. Erneut findet man eine Tafel, diesmal mit V gekennzeichnet. Regungslos liegt der nun komplett freie nackte Mann am Boden, als sei er tot. Zeigen die Tafeln eine Art Opferung für Mithras? Ich sehe mich in der Halle um und suche nach Auffälligkeiten. Von Mithras Blick abgewandt, sieht man alte, nicht weiter identifizierbare, aus Stein gemeißelte Reste. Nähert man sich den Wänden, sind dort alte Fackelhalterungen zu erkennen, außerdem eine stark verblasste Zeichnung von Sonne und Mond.

Daraufhin suche ich den weiterführenden Weg. In Richtung Osten sehe ich eine Öffnung und gehe somit unter der Delamus entlang. Nach einem langen und mondänen grauen Pfad erreiche ich schließlich einen weiteren Mithras-Schrein von normaler Größe. Dort ist auch schon die Tafel mit der Kennzeichnung IV. Diese bildet den nackten Mann wieder kniend und mit gefesselten Armen ab. Der Mann mit der Tunika presst den Entblößten an beiden Schultern hinab und zwingt einen seiner Knöchel zu Boden. Wie einst Mithras das Vieh.

Ich nehme meinen Stift zu Hand und zeichne auch diese Abbildung auf die Rückseite meiner Karte. Kurz darauf gehe ich den Gang weiter entlang und befinde mich bald vor einer Stahltür, welche elektronisch verriegelt ist. Wie im Bahnhof sind drei markante Stellen erkennbar. Ich platziere meine Finger und mein Gesicht wird gescannt. Es leuchtet ein grünes Licht auf und ich stehe in einem großen Konferenzsaal. Dieser ist modern eingerichtet und an einer Wand sind die Regierungsparolen angebracht. Der vierte Eingang befindet sich also beim Regierungsgebäude.

„Sicherheit durch Transparenz" – in einem komplett unbekannten Raum in einem sonst transparenten Gebäude findet man sicher massive Sicherheit. Mithras muss wirklich großes Vertrauen in mich haben, denn was würde passieren, wenn ich diesen Ort einfach so veröffentlichte, wie würde das Volk auf so etwas reagieren? Obwohl die Verführung groß ist, schüttle ich diesen Gedanken ab. Ich sollte sein Vertrauen nicht missbrauchen. Ich versuche das Regierungsgebäude zu verlassen, doch werde ich auf der anderen Seite durch ein versperrtes Schloss daran gehindert. Daraufhin gehe ich den langen Weg zurück und formuliere währenddessen meine Fragen für das

Wiedersehen mit Mithras. Ich sende eine Nachricht und wieder einmal heißt es warten.

Der Schwefelgestank ist unerträglich und die eingeatmete Luft ist mit Kohlenstoffdioxid verpestet. Die Straßen sehen wie ausgestorben aus und in der Dämmerung verblassen jegliche Farben. Alles ist grau und eintönig, wie zuvor in den Tunneln. Zuhause lege ich mich ins Bett und erlebe eine unruhige Nacht. Es regnet fürchterlich.

VII

Am nächsten Tag bereite ich mich auf unser erneutes Treffen vor. Doch je näher ich dem Bahnhof komme, desto anstrengender werden meine Bewegungen. Jeder Schritt in Richtung Mithras zerrt an meiner Lebenskraft. Ich fülle mir ein Glas mit Wasser und setze mich vor den Schrein. Etwas später tritt Mithras ein – dieses Mal in einem cremeweißen Zweireiher mit goldenen Nadelstreifen und einer kakaobraunen Weste, anthrazitfarbenem Hemd und goldener Krawatte – und setzt sich auf den Sessel neben mir. Ich schaue in die Leere und Mithras fragt, ob es mir gut gehe. Mit einem stummen Nicken drehe ich mein Gesicht zu ihm und frage, welcher Anlass ein so formelles Outfit verlange?

Überheblich antwortet er: „Findest du nicht auch, dass immer weniger Wert auf stilvolle Kleidung gelegt wird? Ich trage gerne meine Anzüge und das ist einer meiner liebsten Kombinationen. Das ist für mich Grund genug, diese heute zu tragen. Aber wir sind nicht hier, um uns über Mode zu unterhalten, auch wenn du etwas Nachholbedarf hast. Wie ich sehe hast du eine Karte angefertigt."

Ich reiche Mithras meine Karte und nach einem kurzen bewertenden Blick sagt er: „Erneut eine saubere und präzise Arbeit. Zu jedem Eingang eine kleine Anmerkung und wie auf der Rückseite zu sehen ist, hast du alle Tafeln dokumentiert. Lass mich dir die einzelnen Schritte genauer erklären. Die Informationen rund um den Kult des Mithras sind sehr schlecht erhalten und über die Zeit verloren gegangen. Niemand kennt die genauen Praktiken, man findet nur vereinzelt Fakten und diese Tafeln sind nur selten in anderen Schreinen zu finden. Man sagt, dass das darauf Dargestellte die Aufnahme in die Reihen der geschlossenen Gesellschaft illustriert. Zuallererst wird man entkleidet und ein Aufpasser verbindet einem Arme und Augen mit Hühnerinnereien. Im nächsten Moment wird der Anwärter auf den Boden gestoßen und muss vor einem Richter einen Schwur leisten. Wenn der Richter die Korrektheit des Eides und kein Zögern oder irgendetwas, was auf Unwahrheiten schließen lässt, bemerkt, wird im nächsten Schritt die Augenbinde mittels des Schwertes durchtrennt. Der Anwärter darf nun die Wahrheit sehen. Der Richter bringt die Krone des Mithras in den Raum und man muss jeglichem Sirenengesang der glänzenden Krone wiederstehen. Der Aufpasser steigt auf den Knöchel des Anwärters und drückt seine beiden Schultern herunter. Mithras ist der einzig wahre Gekrönte und niemand darf auch nur versuchen, nach der Krone zu greifen. Falls er es tut, wird er sofort erstochen. Die letzte Tafel birgt die meisten Unklarheiten. Der Anwärter liegt hier wie tot am Boden, entweder weil er wegen eines Regelverstoßes erstochen wurde, oder weil jeder nur mit vollständigen Kräften vor Mithras auftreten darf – oder vielleicht wegen doch etwas ganz anderem? Die Schreine, welche gefunden und dokumentiert sind, weisen immer nur maximal fünf Tafeln auf. Aber bei keinem konnte die Inschrift tatsächlich gesehen werden. Dies sind die einzigen Tafeln, auf denen man die vollständige Abbildung sehen kann. Du weißt, wie verbreitet dieser Kult zur Blütezeit des Römischen Reiches war, bis an dessen äußerste Grenzen findet man Statuen und Schreine des Mithras, aber nur hier sind die Tafeln zu lesen. So eine reiche Quelle an Informationen haben wir durch die Zeit verloren. Aber Mithras ist etwas so viel Größeres."

Nach einem Moment der Stille frage ich nachdenklich, warum ich Zutritt zum Konferenzsaal habe, aber die Tür zum Regierungsgebäude versperrt sei.

Das stummen Lippen der Maske antworten schon fast spöttisch: „All diese präzisen Kunstwerke, aber doch immer wieder diese Momente in denen du vergisst, was eins und eins ergibt. Du hast gerade gelernt, wie man in die inneren Kreise des Mithras-Kults kommt. Nur eine ganz kleine Elite ist im Besitz dieses Privilegs und das ist auch bei uns der Fall. Mein engster Kontaktreis sind diese Anhänger des Mithras und nur die Mitglieder dieser Gesellschaft kennen diesen Konferenzsaal. Jeder von denen weiß, dass du mein Erbe antrittst, aber wenn nur irgendeine Kamera dein Gesicht aufnimmt und auf diesem Bildmaterial gesehen wird, dass irgendeine Person aus dem Mitarbeiterbereich kommt, ist das vielleicht ein wenig unpraktisch. Du weißt, was ich meine?“

„Also dient die versperrte Tür als Präventionsmaßnahme, damit dieser elitäre Kreis unentdeckt bleibt.“

„Ganz genau“, antwortet Mithras lachend.

Daraufhin frage ich: „Wie kann es sein, dass ich all diese Informationen erhalte und eure größte Sorge eine Kamera im Mitarbeiterbereich ist? Ich muss nur einen Bericht mit all diesen vertraulichen Informationen teilen und dein elitärer Kreis hat größere Probleme. Schließlich hab ich wegen meines Pseudonyms eine große Reichweite in den sozialen Medien.“

Unter großem Gelächter antwortet Mithras mir zornig: „Woher auf einmal all das Selbstvertrauen? Bei deinem ersten Anblick dachte ich, dass du jeden Moment zusammenbrichst und jetzt denkst du, dass du ein Druckmittel gegen mich hast. Faszinierend! Schließlich habe ich deine Adresse nur über deine Initialen gefunden und hast du dich nicht ein wenig gewundert, wie es sein kann, dass dich keine Kamera aufgenommen hat? Vielleicht hat ja ein gewisser Jemand im Moment deines Aufschreis die elektronische Schiene blockiert. Bist du wirklich der Meinung, dass ich nicht längst schon all deine Geräte unter Kontrolle habe? Mach dich bitte nicht lächerlich, ich will nicht, dass unsere so toll gestartete Zusammenarbeit so schnell und unschön endet. Also kenne deinen Platz und ich werde diese Drohung als einen kleinen Ausrutscher vergessen."

Er reicht mir wieder die Hand und zögernd schlage ich ein. Also überwacht Mithras jede kleine Bewegung von mir. Zitternd trinke ich aus meinem Glas, während Mithras fortfährt.

„Nachdem jetzt Allfälliges geklärt ist, will ich dir noch ein Geheimnis über das Antlitz unseres Gegenübers enthüllen. Ich kann davon ausgehen, dass du die Grundlagen des römisch-katholischen Glaubens kennst: der Messias Jesus Christus, das gesalbte Abbild Gottes, welches zu uns auf die Erde gesandt wurde, geboren von der Jungfrau Maria und nach einem Leben voller Demut und des Widerstands gegen jegliche Gelüste gekreuzigt und wieder auferstanden, um an Gottes Seite zu regieren. Der grundgütig barmherzige Vater, dessen Sohn für unsere Sünden starb, damit wir unser Leben in Sünde und Reue leben können und schließlich doch am Ende ins Paradies aufgenommen werden. Was wäre es für ein

Desaster, wenn ich dir sagen würde, dass unser gesamtes System auf einer großen Lüge aufgebaut ist? Ganz zufälligerweise wurde die Person Mithras am 25. Dezember im Jahre eins nach Christi Geburt von einer Jungfrau geboren. Während seines Lebens wirkte er viele Wunder und ließ jede Schande über sich ergehen. Er konnte Blut in Wein und Brot in Fleisch verwandeln. Zuletzt wurde er mit seinen zwölf Anhängern gesehen und beim letzten Abendmahl wurde er verraten und den Behörden überführt. Daraufhin wurde er gekreuzigt und nach drei Tagen ist er auferstanden. Muss ein großer Zufall sein, oder? Ein Jahr nach der angeblichen Geburt von Jesus Christus wird auf einmal eine Person gesehen, die genau dieselben Wunder vollbringt, dieselbe Anhängerschaft hat, dasselbe Todesurteil und dieselbe Auferstehung erfährt, ich gehe sogar so weit, dass ich sage, dasselbe Leben geführt hat. Die Kirche ist sich immer noch nicht einig, ob Jesus wirklich im Jahr null oder doch im Jahre sieben vor oder nach Christi Geburt geboren worden ist. Außerdem wurde zufälligerweise später Christi Geburt auf den 25. Dezember verlegt. Wirklich äußerst komisch. Findest du nicht auch, dass es ein wenig zu viele Überschneidungen sind? Wie kann es sein, dass eine so wichtige Person in einer der einflussreichsten Epochen einfach spurlos verschwindet? Nicht einmal sein Fest wurde in Ruhe gelassen. Da die

Kirche durch großen Einfallsreichtum bekannt ist, bin ich mir sicher, dass das Leben von Jesus Christus eine exakte Kopie unter anderem Namen ist. Also schlussendlich eine Lüge! Mithras ist der wahre Sohn Gottes, an seinem Beispiel erkennt man, was man alles mit List und Reichtum erreichen kann. Dafür waren ja all die Priester früher bekannt. Die Weltreligion ist eine Lüge und hat dadurch jeden Bereich befleckt. Eine abstoßend groteske Chuzpe! Tausende von Jahren wurden wir durch eine uns schmeichelnde Lüge hinters Licht geführt. Vielleicht erkennst du jetzt die tatsächliche Kraft von List und Lüge und wie tief die Wurzeln der Korruption zurückreichen. Aber der Mensch ist so dumm, man muss einfach nur die passende Erzählung vorlegen und er nimmt jede Lüge als selbstverständlich an. Faszinierend. Die Leute die das wissen, sind alle sehr reich und können ihre Interessen gezielt lenken, um ihren Gewinn zu maximieren. Du wirst jetzt sicher denken, dass ich durch mein Handeln nicht anders bin und damit hast du vollkommen recht. Warum soll ich jemand anderen in mein Leben pfuschen lassen? Ab und zu passieren auch mir kleine Fehler, so dass auf einmal eine Person aus der Reihe fällt und trotzdem dieselben Privilegien genießt. Somit schließt sich der Kreis und wir kommen zurück zu dir. Du wirst mein Erbe antreten und ich gebe dir die Chance, die Welt mit deinen Lügen zu führen. Eine großzügige Geste meinerseits.

Nachdem wir jetzt das letzte große Geheimnis über Mithras erfahren haben, zeige ich dir das nächste Mal, wie man durch Lügen eine Masse lenken kann. Wenn du einmal alles verarbeitet hast, schreibt mir einfach eine Nachricht. Lass dir Zeit und wir sehen uns bald wieder!"

Mithras verlässt den Schrein und ich bleibe in meiner Verwirrung alleine zurück. Ich bin nur eine unwichtige Bauernfigur in einem großen Schachspiel, die die Chance bekommt, eingetauscht zu werden. Ich fühle mich extrem schlecht und lege mich mit einem qualvollen Gefühl ins Bett. Lügen, welche die Weltgeschichte beeinflusst und so viel Leid bewirkt haben. Eine Religion, komplett hinters Licht geführt, deren Glaubensgemeinschaft in eine tiefe, alles akzeptierenden Trance versetzt wurde. Dinge, die nicht hätten vergessen werden sollen, gingen verloren und nur noch eine Illusion blieb von ihnen übrig. Was muss man tun, um jegliche Lügen als unbestreitbar zu akzeptieren? Wie lange gibt es die Lüge des freien Willens schon und gibt es nicht schon genug Aufzeichnungen, welche durch die Zeit verloren gegangen sind? Ich kehre wieder in mich und eine nicht in Worten zu fassende, in vielen Farben leuchtende Wolke bildet den Raum meiner Gedanken. Wofür existiere ich, wenn ich doch nur ein Bauer in einem großen Spiel bin, welcher nach Belieben positioniert werden kann? Hätten abweichende Pfade einen anderen Algorithmus meiner Züge ergeben oder hätte es keinen Unterschied gemacht? Existiere ich nur, um einfach zu leben, oder ergibt das Leben einen größeren Sinn? Aber wenn ich tatsächlich nur eine beliebig auswechselbare Schachfigur im Plan der Machthabenden bin, warum existiere ich dann überhaupt? Alles, was benötigt wird, ist ein anderes Individuum und nichts würde sich ändern. Wenn mein Denken, mein Tatendrang und mein Handeln von meinen äußeren Umständen gesteuert werden, welche Aktionen kommen dann wirklich von mir?

Die Wolke verringert den Abstand zwischen den abstrakten Wänden in meinem Gedankenraum und schränkt mich in meinem komplett erfundenen freien Handeln ein. Es nähert sich eine unbeschreibliche Figur. Ein Harlekin mit seiner Maske und ich erkenne, dass es meine selbstgeschnitzte Maske des Sonnengottes ist. Die leblosen Augen bannen meinen Blick und starren tief in meine Seele. Die Maske kommt immer näher und presst sich fest an mein Antlitz. Ich realisiere, dass dies einfach nur ein weiterer vorgefertigter Zug für mich ist. Ich umarme die starre Gestik und Mimik der Skulptur und deren Konturen umschmeicheln mein Gesicht, bis kein Übergang mehr zu erkennen ist. Ich nehme die Persona des Sols an und bereite mich auf mein bevorstehendes Meisterwerk vor. Ich spüre auf diesem vorgefertigten

Pfad ohne jegliche Freiheit eine Wärme und vorzüglichen Komfort. Ich befinde mich in keiner griechischen Tragödie, sondern vielmehr in einem glorreichen Epos. Mich stören die erlernten Entmutigungen nicht mehr und ich freue mich schon auf den Moment, in dem ich selbst die Strippen ziehen kann. Lachend versetze ich mich in Schlaf, weil ich weiß, dass ich nichts weiter zu tun habe, als einfach nur den Befehlen zu befolgen. Voller Tatendrang ziehe ich mir meine Maske auf und erstelle ein neues Video für die sozialen Medien. Ich erspare mir, ein großes Skript anzulegen und alles, was ich sage, ist: „Großes wird folgen!“

VIII

Den restlichen Tag suche ich mir schöne Kleidung heraus und spaziere ohne jeglichen Plan und mit eleganter Einfachheit durch die Stadt. Alles ist so farbenfroh und ein herrlicher Geruch liegt in der Luft. Es ist absurd, sich immer über die blassen Fassaden, den ätzenden Schwefelgeruch oder den ganzen Lärm zu beschweren, wenn man realisiert, dass man sowieso nichts dagegen unternehmen kann. Wieder einmal berichten die Schlagzeilen der Zeitungen über Leid und Elend und dass alles so schlecht sei, aber ich lache nur vor mich hin. Das Leben ist so schön, wenn man sich um nichts kümmert. Ich hinterlasse Mithras eine Nachricht, dass ich mich auf unser nächstes Treffen freue und ich schnellstmöglich alles lernen will. Ich besuche all die Läden in der Stadt und finde in einem Antiquitätengeschäft eine unbekannte Stadtkarte. Für einen kurzen Moment beende ich meine absurde Ekstase und studiere diese. Es ist eine alte Karte mit veränderten Straßenführungen und teils vollständig unbekannten Pfaden. Ich frage, wie viel Stück davon existieren und werde darauf hingewiesen, dass dies das einzig bekannte Exemplar sei. Daraufhin kaufe ich die Karte und wundere mich, warum der stilvoll gekleidete Verkäufer mich so komisch anschaut. Ein kurzer Blick im Spiegel zeigt mir, dass die Maske des Sonnengotts noch immer mein Antlitz schmückt. Lachend verlasse ich den Laden und freue mich schon auf die morgigen Schlagzeilen. All das Leid auf der Welt wird durch eine Person mit Maske vergessen werden. Lachend gehe ich im strömenden Regen nach Hause und kann schon die Titelblätter vor mir sehen: „Maskierte Person gesichtet", „Lachender verrückter Mensch mit Maske spaziert durch die Stadt" und so weiter. Es interessiert mich nicht, dass ich bis auf die Haut durchnässt bin oder meine neuen Kleidungsstücke jetzt wegwerfen kann. All das sind nur noch Bagatellen.

In den sozialen Medien wird meine Präsenz schon von vielen verehrt. Die Jagd auf den unbekannten Sol ist eröffnet. Es werden in den nächsten Tagen sicher wieder viele erbärmliche Nachahmer auf den Straßen gesichtet werden, die ein Stück vom Kuchen abbekommen möchten. Es ist ja so einfach, Individuen zu einer Aktion zu zwingen, es wird sicher ein Fest werden, wenn ich mich mit Mithras treffe.

Am nächsten Morgen ist meine Maske wie erhofft Hauptthema. Unzählige Zeitungen berichten über teils abstruse Theorien und in den sozialen Medien ist ein ähnliches Bild zu sehen. Außerdem werden natürlich wieder Masken in der ganzen Stadt gesichtet, aber das alles ist nebensächlich. Ich ziehe meine formellste

Kleidung an und freue mich schon auf das Gespräch mit Mithras. Wieder einmal genehmige ich mir im Wartezimmer einen Schluck aus der Quelle, setze mich hin und schlage ein Buch von Nietzsche auf. Es ist immer so viel profundes Wissen in seinen herausfordernden Werken zu finden, nur ab und zu bemerkt man, wo ihn der Wahnsinn überkommt.

Nachdem ich ein paar Seiten gelesen habe, begrüßt mich Mithras mit den Worten: „Wie ich sehe, hast du dich verändert. Das letzte Mal noch voller Selbstvertrauen, dass du gegen uns etwas ausrichten kannst und jetzt sieh dich an: vorzüglich gekleidet. Anscheinend hast du deine Position positiv angenommen und findest Gefallen an qualitativ guter Kleidung."

Beim Schrein angekommen verändert sich die sonst so stolze und selbstbewusste Haltung meines Gegenübers. Vielmehr ist ein melancholischer Zug an ihm zu erkennen, ein ganz ungewohnter Anblick.

Im Mollton spricht Mithras: „Wie du bereits nach deiner Art zu beurteilen herausgefunden hast, sind wir alle nur einfache Schachfiguren in einem viel größeren Spiel. Selbst in meiner Großartigkeit als Organisator dieses Landes bin ich nur eine weitere Figur und kann gegen die wirklich Mächtigen mit ihren schier unendlichen Mitteln wenig ausrichten. Für jeden gibt es eine vorbestimmte Position. Ich kann durch meinen

Einfluss diese Regierung und wichtige ausländische Partner nach meinen Regeln lenken, aber das Sagen habe ich noch lange nicht. Diese prekäre Lage soll dir immer bewusst sein, wenn du mein Erbe antrittst. Vielleicht gewinnst du durch geschicktes Taktieren sogar mehr Einfluss als ich, trotzdem wirst du immer Vorgaben von oben haben. Lass mir dir eines sagen, Freiheit ist die größte Lüge unserer Gesellschaft und wenn du das akzeptierst, dann hast du Frieden. Aber nach deiner Aktion von gestern hast du das wahrscheinlich schon selbst bemerkt. Das Wichtigste in der Weltgeschichte war schon immer, wie man alles maximiert. Wer die größte Armee, das größte Arsenal und vor allem das meiste Geld hat, der besitzt die Mittel, die Welt zu steuern. Wenn du eine moderate zweistellige Millionensumme besitzt, dann hast du nicht einmal ein Promille von dem, was für eine signifikante Mitsprache notwendig ist. Vergiss das nicht! Das ist eine gute Überleitung zur heutigen Lektion. Entweder bewusst oder unbewusst hast du aktiv schon mal eine Masse gesteuert. Als du dein erstes Meisterwerk veröffentlichtest, hast du mit deiner Warnung eine Hysterie gestoppt und entscheidend beeinflusst. Mit der einzigartigen Sol-Maske gibt es ein Symbol, welches sofort verlässliche Autorität ausstrahlt. Alles, was es gebraucht hat, war eine einfache Nachricht und ein unvergessliches Symbol. Schon jetzt verfügst du über eine kleine Gemeinschaft, die alles nach deinem Willen ausführen wird, wie schon an den Nachahmern zu erkennen ist. Außerdem hast du mit deiner letzten Aktion kleine Steine ins Rollen gebracht und eine neue Gruppe erstellt, die nach mehr Mitgliedern sucht. Es wird nicht lange dauern, bis deine Kreation von irgendjemandem kopiert und verkauft wird, wodurch sie automatisch an Bekanntheit gewinnt. Ein Symbol ist eine mächtige Waffe, die nie ganz in Vergessenheit gerät. Noch heute findet man vereinzelt Guy-Fawkes-Masken. Mein Symbol ist aus dem Rampenlicht verschwunden, aber es wird nie in Vergessenheit geraten. Wahrscheinlich wird es jetzt wieder an Relevanz gewinnen, weil es sicher schon viele Verbindungslinien zwischen deiner Maske und meinem Konundrum gibt. Aber das ist nur eine kleine Randnotiz. Um wirklich die große Masse zu beeinflussen braucht es mehr als ein einfaches Symbol. Es braucht Geld und absurde Systeme, die nur auf Profitmaximierung ausgelegt sind. Transparenz ist das große Versprechen, wenn nicht sogar das Markenzeichen der Regierung. Doch wie transparent ist die Fassade wirklich? Wer liest schon die ganzen Protokolle; und gibt es irgendeinen Beweis, dass wirklich alles lückenlos dokumentiert wird? Bei der Abstimmung und einigen Sitzungen ist die Öffentlichkeit willkommen, doch gab es schon irgendwann die Möglichkeit, beim Prozess der Gesetzgebung vor Ort zu sein?“

Zögernd schaut mir Mithras in die Augen. Bevor er fortfährt, fragt er, ob ich ein kräftiges Gegenargument habe.

Ich spitze meine Lippen und antworte verunsichert: „Wir haben eine Trennung der Gewalten, welche sich gegenseitig überwachen“

Schlagartig entspringt Mithras ein Lachen und er prahlt: „Die Gewaltentrennung, Gesetz, Gericht und Ausführung, das in höchsten Tönen gelobte Ass der Demokratie. Aber was passiert, wenn ein Teilnehmer nicht mitspielt? Was passiert mit diesem glänzenden Trumpf? Was geschieht, wenn einmal die Exekutive in die Justiz geladen wird? Wer erhält das Privileg, den Tatort zu ermitteln? Wer dokumentiert in erster Instanz das Belastungszeugnis? Welche Gruppe avanciert zur Zeugenaussage? Ganz einfach, die betroffene Gewalt selbst. Polizeigewalt wird von Sekunde Numero uno von der Polizei selbst ermittelt. Sie sind die Ersten, welche die Berichte formulieren und haben die volle Freiheit, diese unverständlich zu machen. Selbstverständlich wird dann die Exekutive eines anderen Bezirks diese Aufgabe übernehmen, aber bitte, der Kollegenschaft wird natürlich keinesfalls etwas passieren. Vielleicht kennen sich die Beamten persönlich und treffen sich gerne zum Stammtisch, oder vielleicht auch nicht? Wie dem auch sei, ein Korpsgeist mit Solidarität und Toleranz bildet das Fundament solcher Institutionen. Fahrtenbücher, Meldungen und andere Beweise sind auf unerklärliche Weise nicht mehr aufzufinden und im Verhör selbst deckt man sich wegen guter Kollegenschaft gegenseitig. Was kann die Justiz dagegen unternehmen? Genau, nichts! Sie ist machtlos und die Gewaltentrennung bricht in sich zusammen. Der reitende Prinz stürzt von seinem hohen Ross. So lange es keine wirklich unabhängige Ermittlungsstelle gibt, bleibt eine Lüge eine Lüge!“

Ich ringe nach Argumenten und Mithras prophezeit weiter: „Aber das ist ja nur die Spitze des Eisbergs. Wie kannst du den Konferenzraum unter dem Regierungsgebäude und meine Informationen erklären? Gibt es vielleicht eine Organisation, welche nur von einer kleinen Elite Bescheid weiß? Wäre das nicht höchst vorteilhaft: eine kleine Elite im Hintergrund, welche sogar geheime Gesetze veröffentlichten kann? Wir sind diese kleine Elite und ich bin deren höchstes repräsentatives Organ und bald wirst du diese Position übernehmen. Aber bevor du aufschreist und denkst, dass wir alles in unseren Hallen vorbereiten, erspare dir bitte deine Luft. Denn unsere Gesetze werden immer von einer jeweils selektierten Gruppe geplant und unterzeichnet; natürlich darfst du überlegen, wie diese Personen ausgewählt werden. Durch unseren Geheimdienst haben wir natürlich das eigentliche Sagen in dieser Regierung und steuern für die Betroffenen ganz unbewusst die große Masse. Aber natürlich sind wir nicht komplett alleine, sondern wir arbeiten regelmäßig mit internationalen Institutionen zusammen, um noch mehr Einfluss zu bekommen. Spione, welche in unserem Interesse handeln, sind selbstverständlich. Aber wir wollen ja nicht nur hinter verschlossenen Türen die Masse steuern, sondern durch präzise Propaganda. In diesem Bereich sind wir mehr von außen beeinflusst, weil wir auf aktuelle Geschehnisse reagieren müssen. Zwar planen wir so gut wie jeden Konflikt, Aufstand oder Notlage, aber wenn es dennoch in irgendeinem Sektor zu außerplanmäßigen Ereignissen kommt, müssen wir flexibel sein. Aber kommen wir zur Propaganda, dem mächtigsten Werkzeug in der Geschichte. Alle, die behaupten sie seien von ihr unbeeinflusst, sind entweder komplett illusioniert oder meinen nur die absolut offensichtliche. Gegen gut inszenierte Propaganda gibt es keine Mittel, außer sich abseits jeglicher Zivilisation zu verkriechen. Beginnen wir mit den Euphemismen:

Sie haben ein Regime, wir haben eine Regierung.

Sie haben einen Geheimdienst, wir haben einen Nachrichtendienst.

Sie haben einen Gulag, wir haben ein Polizeianhaltezentrum.

Sie haben ein Ministerium für Krieg, wir haben ein Ministerium für Verteidigung.

Sie haben Staatsnachrichten, wir haben öffentliche Nachrichten.

Sie haben einen Diktator, wir haben einen Kanzler.

Sie haben ein Leben voller Leid und Elend, wir haben ein Leben voller Glück und Freiheit.

Sie haben eine Bedrohung, wir haben eine Abschreckung.

Sie haben eine Diktatur, wir haben eine Demokratie.

Ich glaube du erkennst das Bild. Indem man nur ein Wort verändert, ergibt sich auf einmal eine komplett andere Bedeutung und natürlich wird deren Bezeichnung immer gleich mit etwas Negativem in Relation gesetzt und unser Wort mit etwas Positiven oder als notwendiges Übel bezeichnet. Doch oft sind unsere Worte mit mehr Dreck behaftet als deren. Der Euphemismus ist ein leichtes und extrem effektives Mittel, um eine zu steuernde Masse zu züchten; doch nur eines von vielen. Kommen wir nun zu den Bereichen wo wir nicht mehr so viel Einfluss besitzen, aber Institutionen schon, nämlich Stiftungen, Magazine, Printmedien und Videodienste. Beginnen wir mit den

Stiftungen. Durch diese kann man hervorragend irreführende Statistiken und Forschungen erzeugen, welche in diversen Medien verwendet werden können. Außerdem kann man durch diese auch seinen Medienauftritt sehr gut aufpolieren. Wenn man zum Beispiel eigene Siegel hat oder bei einem Artikel auf all seine Quellen oder Befürworter verweisen kann. Stiftungen bieten auch eine gute Gelegenheit, über Briefkastenfirmen sein schmutziges Geld reinzuwaschen. Mehrere Stiftungen bilden somit schon einen grandiosen Baukasten. Wenn man diese dann noch mit persönlichen Magazinen oder Printmedien verknüpft, hat man schier endlose Möglichkeiten. Und wem das alles noch nicht genug ist, der holt sich einen Nachrichtensender oder investiert in einen. Wenn man das Ziel hat, das Volk nach rechts zu bewegen, dann schaut man einfach nur, dass die eigenen Mitarbeiter diese Vision teilen und perfekt auf die Charakterzüge und Eigenschaften dieser rechtsextremen Gruppe zugeschnitten sind. Das gilt natürlich für das gesamte politische Spektrum. Der einzige wirklich limitierende Faktor ist das Budget. Um einen noch größeren Effekt zu erzielen, schließt man sich am besten mit Gleichgesinnten zusammen und kann so ein Oligopol errichten. Natürlich kann ein zu exzessives Vorgehen dazu führen, dass man der Propaganda bezichtigt wird, aber so lange eine kleine Gruppe laut herumschreit, pflanzt man einen Keim in die Bevölkerung ein.

Abschließend kommen wir zum Eigeninteresse. Nachdem wir einer kleinen Gruppe die ganze Macht in die Hand gegeben haben, ist das Interesse des regierenden Individuums von entscheidender Bedeutung. Maximaler Profit für einen Selbst ist das einzig wahre Ziel. Das Wohl der allgemeinen Bevölkerung ist vernachlässigbar. Wenn es mir, meinen Interessenten und meinen Freuden gut geht, dann habe ich meine Pflicht erfüllt. Große Konzerne wollen natürlich nur das Beste für die Aktionäre und da ist ein bisschen Lobbying kein Problem. Was mein Geschäft gefährdet, muss mit aller Kraft unterbunden werden. Neue Erkenntnisse über den Klimawandel, bessere Energieformen oder Sonstiges, müssen unbedingt der Öffentlichkeit verschwiegen bleiben. Die Forderungen von NGOs sollte man ignorieren oder mit einem neuen Siegel erfüllen. Alles nur eine Frage des Geldes und mit ausreichenden Mitteln eine Bagatelle. Hinzu kommen dann noch ein paar nie existiert habende Akteure im undurchsichtigen Hintergrund und das perfekte Rezept für die Kontrolle über die Masse ist vollendet. Natürlich gibt es noch mehr Möglichkeiten, aber diese sind die wichtigsten und effektivsten. Vielleicht wird dir jetzt bewusst, welche große Stütze mit mir zusammenbrechen würde und dass dies eine Massenpanik auslösen kann. Die Panik wird dann natürlich wieder nur als Möglichkeit genutzt, um das Volk noch besser zu steuern. Ich hoffe, dass dir die Wichtigkeit deines zukünftigen Handelns bewusst geworden ist. Ich gebe dir die Chance, dein Leben selbst zu gestalten und dich von den Fesseln der in den Abgrund führenden Spirale zu befreien. Damit verabschiede ich mich von dir, bei Fragen schreibe mir einfach eine Nachricht, private Treffen werden nach dem gegenseitigen Kennenlernen sehr schwierig. Vergiss nicht deine Maske, es geht niemanden in unseren Kreis dein Antlitz an. Auch ich werde selbstverständlich mein Gesicht verbergen."

Elegant und selbstbewusst verlässt Mithras den Schrein und lässt mich erneut in Einsamkeit zurück. Angewidert von dem Gehörten, unterdrücke ich einen Würgereiz. Also alles eine Lüge hinter der so strahlend polierten Fassade. Alles nur, um den eigenen Profit zu maximieren. Alles unethisch dem Volk gegenüber. Aber gibt es wirklich keine Möglichkeit, dass die Bevölkerung ihren rechtmäßigen Platz einnimmt, oder sind wir schon so tief in dem Netz verstrickt? Welchen Quellen, Zeitungen oder Nachrichten kann man nach so einer Offenbarung noch vertrauen? Keinen! Aber ist das wirklich unser Ultimatum? Verwirrt verlasse ich den Schrein. Was kann ich in meiner zukünftigen Position erreichen? Wie kann ich meine leicht zerreißbaren Strippen unentdeckt ziehen? Unsicherheit breitet sich in mir aus. Ist das von Mithras Gesagte wirklich die ganze Wahrheit oder verbirgt sich noch etwas im Schatten des Scheins? Was würde wirklich passieren, wenn diese so wichtige Säule wegbrechen würde? Erschöpft schlafe ich ein und träume, dass die Sanduhr auf dem Boden in tausend scharfe Splitter zerbricht.

Am nächsten Morgen schaue ich durch meine Notizen, um irgendeinen Halt in der in den Abgrund führenden Spirale zu finden. Alles nur noch wertlose Zetteln mit bedeutungslosen Skizzen. Ich erblicke die Karte des Antiquitätenladens und studiere sie. Eine besondere Aura strahlt sie auch jetzt, nach dem Kauf noch aus. War sie zu kaufen vielleicht ein Schachzug, der nicht in den unzähligen Iterationen vorherbestimmt und durchgespielt wurde? Das leicht bräunliche Papier wurde noch von Meisterhand gefertigt. Doch es ist nur ein alter Stadtplan mit marginalen Abweichungen von der heutigen Stadt. In den letzten dreihundert Jahren hat sich das Straßennetz kaum verändert, die alten Villen, die Thermalquellen und Parks waren damals schon vorhanden. Nur eine Grünfläche wurde durch die Heldenmeile ersetzt. Die größten Veränderungen sind im Industrieviertel zu erkennen. Bis auf die historischen Gebäude ist alles neu hinzugekommen, das Straßennetz war aber bereits größtenteils vorhanden. Nur eine Linie, die beinahe parallel vom Wohnviertel entlang der Cardo Richtung Süden bis zum Markplatz verläuft, ist signifikant anders. Vielleicht eine alte Straße.

Ich lege die Karte zurück auf den Tisch und wende mich zur Tür. Bevor ich mein Zimmer verlasse, höre ich ein dumpfes Geräusch hinter mir. Der Stadtplan liegt ausgebreitet am Boden. Erneut studiere ich ihn und ein zweiter Blick offenbart, dass der parallele Pfad nicht beim Marktplatz endet, sondern eine Verzweigung in Richtung See, Arena, Bahnhof und Regierungsgebäude hat. Warum gab es eine direkte Verbindung zwischen diesen Punkten und weshalb ist diese Route heute nicht mehr aufzufinden? Gänsehaut breitet sich auf meinem Körper aus und zwei Sätze erklingen ohrenbetäubend in meinem Gehör:

Glaubst du an die Lügen?

Deine Zeit läuft ab!

Diese zwei Liedphrasen glaubte ich schon ganz sicher aus meinem Gedächtnis gelöscht zu haben. Simultan denke ich an die zersplitternde Sanduhr. Das sind keine historischen Straßensysteme, es sind die vergessenen unterirdischen Pfade, welche zur Verehrung des unbesiegten Sonnengott Mithras verwendet wurden. Schnell hole ich meinen selbst angefertigten Plan des

Labyrinths. Ich vergleiche beide Karten und nehme auf beiden die gleiche Anordnung wahr. Es gibt also noch einen komplett unbekannten und vergessenen Weg. Ich zeichne den neuen Pfad in meine Skizze ein und verbrenne die antike Karte. Ab sofort trage ich meinen Plan in einer Hülle bei mir, welche ich mir an meinen Oberschenkel schnalle und wenn ich den Eingang des vergessenen Pfades gefunden habe, werde ich diesen vernichten. Ich habe ein mögliches Ass gefunden, eine Möglichkeit, mein vorgefertigtes Spiel in ein unkontrollierbares zu wenden. Leider ist der vermeintliche Eingang nicht genauer angegeben, weswegen ich schnellstmöglich zur Zisterne im Untergrund laufen und von dort meine Suche starten werde. Es schüttet wie aus Kübeln, doch nichts kann die in mir lodernde Flamme zum Verlöschen bringen.

Beim Hauptschrein im unterirdischen Mittelpunkt der Stadt angekommen, studiere ich die Wände. Ich schalte meine starke Taschenlampe ein und erkenne die tatsächliche Breite des Flusses im Untergrund. Ich suche und suche, doch ein begehbarer Weg ist nicht aufzufinden. Obwohl ich voller Selbstvertrauen in meine Erkenntnisse am angeblichen Ort der Kreuzung stehe, erkenne ich nur Leere. War alles umsonst? Nein, nach all dem kann ich nicht so einfach das Handtuch werfen. Ich schaue mir den Übergang zwischen Wasser und Wand genau an, erspähe immer wieder kleine Unregelmäßigkeiten und vermute dahinter einen Durchlass. Das muss es sein, doch bevor ich den Sprung wage, verpacke ich alle wichtigen Gegenstände, die ich bei mir habe, wasserdicht und befestige sie fest an meinen Körper. Ich kann mir nicht erlauben Spuren zu hinterlassen. Mit dem Kopf voraus springe ich in das Wasser.

Nach einem kurzen Tauchgang erblicke ich eine passierbare Aushöhlung und befinde mich, nachdem ich das Wasser verlassen habe erneut in einem Gang. Es ist also wahr, es gibt einen vergessenen ursprünglichen Weg in Richtung Norden. Zitternd taste ich mich an den Wänden entlang. Die kühle Luft hat nicht den üblichen Salz- und Schwefelgeschmack. Totenstille resoniert in meinem Gehör. Ich greife nach meinen Wertgegenständen und versuche den Stollen mit meiner Taschenlampe zu beleuchten. Es ist so ein eintöniger grauer Weg wie die anderen, doch die teils scharfen Kanten zeigen, dass hier schon lange kein Wasser die Umgebung geformt hat. Ich erreiche einen großen Raum, in dessen Mitte sich ein Schrein des Mithras befindet. Seine Oberfläche ist nicht so seidenglatt wie die der anderen, einige Risse sind zu erkennen. Die Nase des Jünglings ist abgebrochen und bietet keinen so stolzen Anblick. Alles schaut zerbrechlich und elend aus. Ich umrunde die Statue und suche die Inschrift. Es gibt keine. Verblüfft gehe ich an der Wand entlang und finde zwei Tafeln mit den Kennzeichnungen VI und VII. Die sechste Abbildung zeigt den Gefangen wieder auf seinen Beinen und in der siebten schlägt er mit seinen Aufpasser in die Hand ein. Schlussendlich steigt der Anwärter wie Mithras in den Himmel auf und besiegelt einen Vertrag durch einen festen Handschlag mit Sol. Das Aufnahmeritual ist vollendet und ein neues Mitglied befindet sich in den Reihen der Gemeinschaft. Es sind also sieben Tafeln und nicht fünf. Daraufhin suche ich den Eingang und werde weder von einem Warteraum noch von einer Stahltür begrüßt. Stiegen[7] führen in den vergessenen Wald und enden bei einer Falltür neben einer alten und wuchtigen Eiche, die komplett von Pflanzen umwachsen ist. Vielleicht war es an diesem Ort wo einst der legendäre Legionär die Stadt Laea gegründet hat. Ein Ort, der in alten Geschichten und Gerüchten genannt wird, dessen Existenz aber immer als Lüge abgestritten wird. Es ist ein komplett unbekannter Eingang, der in das alte Netz der Mithras-Schreine führt. Ich spüre einen Moment des Friedens und merke, dass nun das große Finale in meinem Magnum Opus beginnt. Zuvor muss ich aber den gesamten Weg zurückgehen, um durch die überwachte

---

[7] hochdeutsch: Treppen

Stahltür beim Bahnhof das Labyrinth verlassen. Ich weiß, dass die An- und Abkunft protokolliert wird und Spuren darf ich keine mehr hinterlassen.

Zu Hause bereite ich mich auf das Kennenlernen mit der elitären Gruppe rund um Mithras vor und überlege, wie ich meine Erkenntnisse in Zukunft sinnvoll ausspielen kann. Ich sehe im Traum nur ein Standbild mit der fallenden Sanduhr, welches unmittelbar vor ihrem Zerbrechen in tausende Splitter aufgenommen worden ist. Ich beseitige kleine Unreinheiten auf meiner Maske und ziehe mir meine besten Kleider an, denn der erste Eindruck hinterlässt immer noch die größte Wirkung und als Protegé von Mithras sollte dieser adäquat sein. Ein letzter Blick in den Spiegel bestätigt mir mein Selbstvertrauen.

IX

Beim Hauptschrein im Mittelpunkt auf Mithras wartend, denke ich noch einmal an die Stelle, wo die letzten Schritte des Aufnahmerituals beschrieben werden und wie diese mir helfen können.

Stolz voranschreitend nähert sich Mithras mit seiner Maske. Stilvoll wie eh und je, trägt er einen dunklen marineblauen Zweireiher mit Nadelstreifen und einem breiten, über die Schulter ragenden spitz zulaufenden Revers. Ein weiteres Mal stolziert er in seinen dunkelbraunen glatten Kalbslederschuhen mit bordeauxroten Schnürsenkeln daher. Der Knopf der breiten goldenen Krawatte sticht durch den davon abweichenden weißen Kragen mit Platinnadel über dem pastellfarbenen himmelblauen Hemd besonders gut hervor. Die Brusttasche ziert ein weißes Einstecktuch mit goldenen Rändern und das Reversloch ist mit einer fliederfarbenen Orchidee geschmückt. Eine Platinschnalle lässt sich am dunkelbrauen Kalbsledergürtel erkennen und unter dem Sakko verbirgt sich eine Weste, aus der die Kette einer Platintaschenuhr hervorragt. Obwohl wir uns im Untergrund befinden, wird sein Aussehen mit einem authentischen Panamahut vollendet. Ein wahrer Showmaster, aber anscheinend hat der Anlass nicht nach einem Morning Coat oder Frack verlangt.

Selbstbewusst begrüßt mich Mithras, er lobt mein Aussehen und eröffnet mit den Worten: „Es freut mich, dich heute in unseren Kreis willkommen zu heißen. Wie ich sehe, hast du dich besonders herausgeputzt. Mach dir keine Sorgen, alle wissen schon von deinen Taten und sehen dich als würdigen Protegé von mir. Also unterhalte dich gut und alles wird von selbst auf dich zukommen. Wir werden dir eine gute Einführung geben und du wirst bald deine eigenen Entscheidungen im Leben treffen können. Zuvor wirst du aber deine komplette Identität verlieren. Es gibt schließlich einen Grund, warum mich niemand kennt und es in keinem Register Aufzeichnungen über mich gibt. Von nun an wirst du Sol heißen und durch unsere Symbiose wirst du, wie es einst die Geschichte vermerkt hat, mein Erbe weiterführen. Moral gibt es keine mehr. Eines Tages ist es so weit und du wirst aus allen Erinnerungen gelöscht werden und einen neuen würdigen Erben ernennen. Bis einmal das Uhrwerk stecken bleibt, weil sich zu viel Sand im Getriebe angesammelt hat. So zeigt es die Geschichte und so wird es bis in alle Ewigkeit sein. Bis zum Tag der Abrechnung, wenn das gesamte System in sich zusammenbricht und alle Lügen aufgedeckt werden, oder zur absoluten Wahrheit avancieren.“

Stumm führt mich Mithras in den Konferenzraum unterhalb des Regierungsgebäudes. Er öffnet die Tür und ich sehe, dass dort eine Runde von Leuten bereits Platz genommen hat. Die Gespräche enden und ein kurzer Moment der absoluten Stille tritt ein. Am Tisch angekommen stehen alle auf und Mithras erhebt seine volle Altstimme.

„Wir haben uns heute getroffen, um ein neues Mitglied in unseren Reihen aufzunehmen. Ich stelle euch mein Erbe vor – das ist Sol!“ Er hält kurz inne: „Ihr kennt seine Meisterwerke und die grandiosen Geschichten und deswegen wird es Zeit, dass Sol seine eigenen Entscheidungen im Rahmen unseres Umfelds trifft. Wir haben bisher seine Schritte überwacht und seine Entscheidungen getroffen, damit wir Sol heute vor uns haben.“

Nachdem der letzte Ton verhallt ist, setzt ein tosender Applaus ein. Ich fühle mich unangenehm und bin leicht abwesend, aber beim Zuspruch der Menge spüre ich ein stolzes Lächeln auf meinen Lippen. Mein ganzes Leben lang wurde ich wie ein einfacher Bauer gespielt und jetzt werde ich von meinen Usurpatoren als Sol mit größtem Beifall begrüßt. In welch absurder Welt leben wir. Ich setze mich und betrachte meine neue Kollegenschaft. Es ist wirklich nur eine kleine elitäre Gruppe, bestehend aus einer Handvoll Leuten. Ich bin das vierzehnte Mitglied. Wie kann es sein, dass diese Minderheit alles Leben in diesem Land kontrolliert und es zu ihrem Vorteil steuert? Wie vernachlässigbar ist die unantastbare Würde des Menschen geworden, dass so etwas ohne Widerstand hingenommen wird?

Doch ich darf meine Konzentration nicht verlieren, denn es geht noch immer um einen guten ersten Eindruck. Schnell vergesse ich meine Zweifel und bringe mich aktiv in die Gespräche ein. Es ist interessant, dass diese Elite sich wie jede andere Gruppe über Allfälliges unterhält. Viele wollen nur das Beste für ihre Familie und eine gute Zeit mit ihren Bekannten verbringen. Nur vereinzelt zeigen sich narzisstische Züge. Es gibt auch einige, die sich ihrer Verantwortung bewusst sind, aber das einzige Gegenargument, welches als Schild gegen jegliche Kritik aufgefahren wird, ist: „Mein Handeln ist moralisch und wenn jemand anderer meine Position einnähme, würde es den Leuten viel schlechter gehen." Natürlich gibt es weitere Iterationen derselben Aussage. Es ist interessant, mit welch stolzer unfehlbarer Naivität sie dies anführen und was sie alles für diese Position aufgeopfert haben. Sie sind die Wächter der Bevölkerung.

Mithras tippt mir auf die Schulter. „Auch wenn du jetzt ein Mitglied von uns bist, wird die Tür zum Regierungsgebäude weiterhin für dich verschlossen sein. Nicht einmal ich selbst kann durch diese hindurchschreiten. Wenn es eine Konferenz gibt, dann bekommst du eine Nachricht. Außerdem lass dich nicht von deren Aussagen abschrecken. Viele kennen das Wort Moral nicht, es sind meistens irgendwelche Eingebildeten, die nur über Kontakte in diesen Kreis gekommen sind. Obwohl ich die Mitglieder persönlich aufnehme, sind mir bei der Auswahl meistens die Hände gebunden. Wenn das von oben kommt, muss ich zustimmen, aber alles zu seiner Zeit. Akzeptanz ist gerade deine höchste Trumpfkarte, es wird ein wenig dauern, bis du dich an dein neues Umfeld gewöhnt hast."

Mit einem Schulterklopfen steht Mithras auf und geht zum anderen Ende des Raums, um sich mit der restlichen Gruppe zu unterhalten. So weit bin ich gekommen und wieder sind mir die Hände gebunden, doch Akzeptanz ist meine größte Trumpfkarte und nicht alle Aussagen einfach hinzunehmen. Somit bestätigt sich meine Vermutung und die Lügen sind noch nicht bei der Wurzel gepackt worden. Warten und Lächeln. Die Konferenz wird mit einem prunkvollen Mahl beendet.

Bevor ich mich zum Ausgang begebe, tritt Mithras vor mich und sagt in einem fast schon deprimierten Ton: „Du hast von nun an freien Eintritt in diesen Raum, an den Seitenflügeln gibt es Computer, in denen alle Daten der Mitglieder zu finden sind und zusätzliche vertrauliche Dokumente. Es gibt eine Hauptzentrale, auf welche nur du und ich zugreifen können. Du musst einfach die SIM-Karte deines Diensthandys herausnehmen und sie in den Slot des besagten Computer stecken. Dann kannst du sehen, wie all diese Clowns an ihre Ränge gekommen sind und auf welchen Prinzipen unsere Regierung aufgebaut ist. Außerdem wird es in nächster Zeit eher schwierig sein, uns zu treffen. Ich vertraue dir diese Daten an, nutze sie sinnvoll und komme ja nicht auf dumme Ideen. Falls du etwas Profundes findest, lass es mich wissen. Ich bin deine Vertrauensperson in dieser Gruppe. Somit verabschiede ich mich von dir, wir werden uns noch ein letztes Mal sehen, bevor du unsere Geschichte selbstständig übernimmst."

Es ist ein inniger Moment zwischen uns, anscheinend meint es Mithras ernst. Sein stolzer Gang verwelkt wie eine Rose mit jedem Schritt den er setzt. Ein Abgang à la morendo. Warum ausgerechnet jetzt? Verwirrt bleibe ich in meinem Sessel sitzen und halte jeglichem Impuls, Mithras nachzulaufen, stand. Die Würfel sind gefallen, mein Leben als Sol beginnt. Ich warte, bis alle den Raum verlassen haben und suche nach dem besagten Computer. Wieso gibt mir Mithras all diese Macht? Er weiß doch, dass ich nach Gerechtigkeit strebe und alles versuchen werde, diese auch durchzusetzen.

Ich greife zu meinem Handy, nehme die SIM-Karte heraus und stecke sie in den dafür vorgesehenen Slot.

Der Computer startet und begrüßt mich mit einer Willkommensnachricht von Mithras: „Ich habe mir die Freiheit genommen und dir gleich einen persönlichen Account erstellt. Hier findest du die Daten der restlichen Mitglieder, auf die weiteren vertraulichen Informationen kannst du erst nach drei Wochen zugreifen. Diese Sicherheitsmaßnahme habe ich doch noch eingeführt. Nimm dir die Zeit und ich freue mich schon auf unser letztes Zusammentreffen!" Es erscheint ein finales Wachssiegel und darunter steht: „gezeichnet von Mithras".

Diese Formalität konnte er sich nicht verkneifen, immer alles korrekt und gepflegt. Drei Wochen muss ich also noch auf die Geheimnisse warten. Der Aufstieg der Mitglieder hatte nichts mit harter Arbeit zu tun. Es waren ihre reichen Eltern, welche ihre Verbindungen in Nachrichtendiensten, Stiftungen oder ähnlichen Institutionen verwendeten, um Einfluss auf die Regierung zu nehmen. Viele internationale, ebenfalls reiche Kontakte, um ein gemeinsames Netzwerk aufzubauen und natürlich die eigenen Kinder als Erben einzusetzen. Doch es gibt zwei Ausnahmen, eine Person wurde wegen ihrer herausragenden Arbeit als Juristin eingeladen und die zweite ist Mithras selbst.

Anscheinend hat er sich besonders für Geschichte interessiert und versuchte immer die Wahrheit herauszufinden, bis er schließlich zu viel wusste. Aber man wollte diesen Rohdiamanten nicht einfach so wegwerfen und statt ihn zu liquidieren, lud man ihn in den Kreis ein. Durch seinen Tatendrang wurde er schließlich zum Vorsitzenden und erschuf das Goldene Zeitalter von dolus ac mendacium.[8] Er hat diesen Kreis maßgeblich geformt und zu dem gemacht, was es heute ist, dem Phantom, welches seine Züge genau plant und ausspielt. Wieso aber hat Mithras sein Selbst verloren und anstatt sein Werk fortzusetzen, ihm einfach den Rücken zugekehrt?

In Gedanken versunken verlasse ich die Gänge und sehe, dass in zwei Wochen die nächste Konferenz abgehalten wird. Was kann ich unternehmen, um diese Wartezeit zu überbrücken? Ich spüre, dass meine Gestalt von der Dunkelheit fest umklammert wird. Ist dieser triste Pfad für mich prädestiniert? Ist mein Licht vollständig erloschen? Brennt in mir noch die Flamme der Ambition oder ist es nur noch jene des Selbstzweifels? Ich verbringe die nächsten Wochen mit mir selbst kämpfend. Ich bin zum Phantom geworden und der einzige Freundeskreis existiert nicht mehr. Die

---

[8] dolus ac mendacium: List und Lüge

auf sich allein gestellte Harlekin mit ihrer starren Maske begibt sich lächelnd immer weiter in den Schatten.

X

Die Konferenz wird dieses Mal von der Juristin eröffnet und Mithras ist nicht vorzufinden. Unbehaglich verfolge ich die Sitzung, es werden die Möglichkeiten zukünftiger Investitionen und wie ein maximaler Gewinn erwirtschaftet werden kann besprochen. Die Waffenlobby beschwert sich über volle Lagerbestände und Lebensmittelkonzerne planen eine künstliche Verknappung. Schnell wird beschlossen, dass in einem bestimmten Gebiet ein Konflikt ausbrechen wird, um wichtige Handelsrouten zu blockieren. So können Waffen verkauft und die Verknappung und die daraus folgenden steigenden Preise einfach erklärt werden. Außerdem werden neue Methoden besprochen, wie man verstärkt die Schuld dafür den Konsumenten zuschreiben kann, damit die Konzerne in einem guten Licht dastehen und dadurch noch größere Profitspannen erzielt werden. Moral gibt es keine mehr, es geht nur noch um den maximalen Gewinn. Ich versuche meine Wut zu verbergen, bringe mich aktiv ein und schlage vor, dass zusätzliche Produktionsstätten aufgelöst werden sollen, um eine noch größere Wirkung zu erzielen. Sofort werden geeignete Standorte überprüft. Zufrieden löst sich die Konferenz auf und ich werde für meine sofortige

Mitarbeit gelobt. Das nächste Mal sollen regierungsspezifische Themen besprochen werden.

Leicht angewidert von mir selbst, aber insgesamt zufrieden verlasse ich den Raum und setze mich in den Wartesaal unter dem Bahnhof. Es gibt keinen eindeutigen Termin für ein erneutes Zusammentreffen. Eine Woche noch, dann kann ich auf alle Daten zugreifen, aber was soll ich mit all dieser Macht anfangen? Soll ich die Informationen einfach veröffentlichen? Würde dann die besagte Massenhysterie ausbrechen oder wäre das nur eine kurze Phase, bis wieder alles zum Alten restauriert wäre? Mithras meinte, dass er Autorität besitze, aber sich vor einem höheren Willen beugen müsse. Macht es also einen Unterschied? Die Dunkelheit hat mich sowieso schon fest umklammert, wieso soll ich sie nicht einfach akzeptieren und mit Freude in ihr arbeiten? Dunkelheit ist ja auch nur eine weitere Facette des Lichts.

Die Schlagzeilen der nächsten Tage berichten von dem neuen Konflikt, der ausgebrochen ist und es wird schon gewarnt, dass dieser in der Nähe wichtiger Handelsrouten ausgefochten werden könnte. So schnell und einfach kann man also die Masse in Panik versetzen und zu seinem persönlichen Vorteil steuern. Lachend suche ich mir einen Zeitvertreib, vielleicht ein Konzert, einen Film, ein Festival besuchen, oder vielleicht doch einfach alles? Schließlich habe ich ja keine Verpflichtungen mehr. Eine Nachricht auf meinem Handy zeigt mir, dass ich nun Zugriff auf alle Daten habe. Schnell gehe ich in das Tunnelsystem und finde mich vor dem Computer wieder. Ein neuer Ordner erscheint auf dem Bildschirm und alle taktischen Züge der letzten fünfundzwanzig Jahre befinden sich darin. Die Spuren jedes Skandals führen in diesen Raum. Teilweise nur mit wenigen Zeilen dokumentiert, teilweise mit kompletter Aussagen- und Bilddokumentation. Erheitert schaue ich durch die teils faszinierenden Tatsachen. Unsere Regierungsposten sind strikt vorgegeben und international wichtige Positionen sind ebenfalls vorgeschrieben. Ein strategisches Meisterwerk. Nichts wurde dem Zufall überlassen. Aber wieso werden diese vertraulichen Datensätze überhaupt gespeichert? Eine unbeschreibbare Macht liegt in meinen Händen, ein Klick und das ganze Spiel gerät völlig durcheinander. Zwiegespalten schalte ich den Computer aus und stecke die SIM-Karte zurück ins Handy. Das Beste wird sein, nichts zu überstürzen. Bevor ich den Raum verlasse, schicke ich Mithras noch eine Nachricht, in der ich ihm mitteile, wo der Eingang zum sechsten Schrein gefunden werden kann.

Kurz darauf antwortet er in einer Textnachricht: „Schlussendlich hast auch du das letzte Puzzleteil gefunden. Somit bist du die zweite Person, welche über das Aufnahmeritual des Kultes informiert ist. Sehr schön, du bist bereit für ein letztes Zusammentreffen. Wir sehen uns in achtundzwanzig Tagen dort."

Es wundert mich nicht, dass Mithras dies bereits im Vorhinein wusste und natürlich nicht preisgegeben hat. Achtundzwanzig Tage, dann ist es soweit, meine Ausbildung wird vollständig abgeschlossen ein. Achtundzwanzig weitere zwiegespaltene Tage. Eine finale Prüfung also.

In den nächsten Tagen wird eine weitere Konferenz einberufen. Immer mehr meine Position und Macht akzeptierend, bereite ich mich auf die anstehenden Themen und plane schon alles in meiner Freizeit vor. Schließlich ist jeder Zug, eines Großmeisters in einer Schachpartie penibel durchdacht, um auf jede Situation gefasst zu sein. Erneut hat die Juristin den Vorsitz, von Mithras keine Spur.

„Ich bedanke mich, dass alle Mitglieder sich hier eingefunden haben. Heute beschäftigen wir uns wie angekündigt mit regierungsspezifischen Anliegen. Die Wahlen stehen bald an und die Vorgaben lauten, dass ein großer Ruck in Richtung rechts stattfinden muss. Hierfür werden verstärkt rechte Artikel und Werbungen geschaltet. Außerdem soll der Patriotismus an Wichtigkeit gewinnen, damit ein größerer Hass gegen

Zuwanderung nachhaltig ausbricht. Die jeweiligen Schulbücher und -lektüren werden vorgegeben, um diesen Keim bereits in der Jugend einzupflanzen. Die aktuelle Koalition wird durch Skandale und Korruption geschwächt. Schlagzeilen wird es aber nur zwei Tage lang geben. Die schwächere Koalitionspartei soll ausscheiden und die andere muss als einzig sinnvolle Option mit der rechtsradikalen Partei die nächste Regierung bilden. Außerdem müssen vorteilhafte Inserate für den Topkandidaten in der größten Zeitung geschaltet werden. Gibt es weitere Vorschläge?“, beendet die Juristin ihre Begrüßung.

Ich melde mich: „Die Umfragen müssen unbedingt zu Gunsten der zu wählenden Parteien manipuliert werden. Schließlich ist der Mensch noch immer ein Herdentier, welches nicht aus der Reihe tanzen will. Außerdem müssen wir die Webseiten der Rechtsextremen besonders hervorheben“

Erneut wird mein Einwand positiv aufgenommen. Abschließend werden noch individuelle Aufgaben verteilt und das Ausmaß der letzten Aktion wird lobend hervorgehoben. Es soll also eine kleine laute Gruppe geben, welche die politische Haltung der Bevölkerung nach rechts rücken wird. Der multikulturelle Austausch wird verhindert und das Volk bekommt wieder seine stumpfe Weltanschauung. Mit passiver Aktivität wird in die freie Wahl eingegriffen. Alles Forderungen von oben, die aktuellen Umstände und Strömungen in unserer Bevölkerung werden gekonnt ignoriert – und doch unternehme ich nichts.

Die Tage vergehen nur schleppend, weiterhin ist mein Handeln zwiegespalten. Doch es wird schwächer und ich beginne meine neue Position zu akzeptieren. Grinsend spielt meine Maske alles Gelernte sorgsam aus. Der moralische Konflikt schwillt ab, schließlich geht es ja nur um das Geschäft. Wer am höchsten bietet, bekommt das Angebot, so war es schon immer. Nachrichten zeigen mir keine Neuigkeiten mehr und Skandale und Konflikte lassen mich mit einem Schulterzucken zurück. Schließlich fädle ich diese doch ein. Ein Farce, doch weiterhin nur ein malus necessarium.[9] Diese komplexe Welt mit all ihren Facetten lässt sich doch immer auf einen einfachen Sachverhalt zurückführen – Geld! In dieser Hinsicht brauche ich mich nicht mehr zu sorgen, schließlich bin ich das Ventil und überwache, in welche Richtung es fließt. Unsere kleine Elite hat mich schon vollständig als neuen Mithras akzeptiert und etabliert. Das Vertrauen habe ich vollständig zurückgezahlt und einem neuen goldenen Zeitalter für uns steht nichts mehr im Wege. Ich bringe mich, so wie einst Mithras, in die

---

[9] malus necessarium: notwendiges Übel

Gespräche wichtiger Akteure ein. Natürlich immer alles perfekt in Szene gesetzt und alle hochvertraulichen Informationen fließen wie ein Wasserfall aus dem Munde meiner Gesprächspartner. In dieser legeren Situation offenbart sich jedes noch so kleine Detail und Geheimnis. Das Leben ist ein Theaterstück ad absurdum – eine Aufführung des erbärmlichen ethischen Handelns der Menschheit. Alles dreht sich nur noch um einen einzigen Wert. Einzig die Moral hindert daran diesen kranken Wert zu maximieren.

Eine Nachricht erinnert mich an das bevorstehende letzte Treffen. Es ist so weit, der Taktstock wird vollständig an mich übergeben, Mithras wird in der Geschichte vergessen sein und es wird nur noch Erzählungen über den Sonnengott Sol geben, bis eines Tages ein Jesus Christus die vollständige Symbiose eingeht, uns alle ablöst und wie unwichtige Nebencharaktere aussehen lassen wird. So ist es vorgeschrieben, alles muss seinen Lauf nehmen. Mit bestem Gewand trete ich auf die Straßen und der Mittagshimmel wird schlagartig in Dunkelheit gehüllt und die Menschen blicken schon durch ihre Sicherheitsgläser gen Himmel. Eine Sonnenfinsternis – der Mond wird von der Sonne verschlungen und Sol beschreitet seinen Siegeszug.

Beim Schrein angekommen, erblicke ich meinen ehemaligen Lehrer. Doch dieses Mal erscheint er nicht wie erwartet in einem Frack, sondern in ganz einfacher, abgetragener Kleidung. Die Maske ist bleich und die Verzierungen sind mit Rissen überzogen. Die einst so strahlenden grünen Augen haben ihren Glanz verloren und der stolze Körper ist in sich zusammengefallen. Der sonst so glänzende Mithras wirkt wie ein alter Bettler, der um sein letztes Almosen fleht.

Trotzdem erklingt seine volle tiefe Altstimme wie eh und je: „So endet also unsere gemeinsame Zeit, ein letztes Zusammentreffen zwischen uns. Wie ich sehe, hast du meine Arbeit sehr gut weitergeführt und obwohl du jetzt alles weißt, hast du nichts gegen unsere Elite unternommen. Somit hat sich mein Vertrauen als richtig herausgestellt. Trotzdem hast du mich enttäuscht. Du bist stark genug, um alles zu haben, aber im finalen Akt bist du nicht stark genug, um alles zu nehmen. Dein ganzes Leben hast du alle Lügen unbeeindruckt akzeptiert und jetzt, da dir die gesamte Wahrheit offenbart wurde, lässt du alles beim Alten. Entweder stirbt man als Held oder man lebt lange genug, um zum verhassten Schatten zu werden! Ist es nicht ironisch, dass wir im entscheidenden Moment unsere Werte komplett verraten, nur um in irgendeinem System akzeptiert zu werden?“

Verblüfft stammle ich meine Antwort und konfrontiere ihn: „Du brauchst nicht so scheinheilig zu tun, du bist kein bisschen besser als ich. Als du deine Möglichkeit hattest, hast du auch all deine ambitionierten Werte vergessen und dich selbst verraten!"

Lachend kontert Mithras: „Ich gebe dir recht, nur dass es zu meiner Zeit noch keine makellose Auflistung mit allen Skandalen und Empörungen gab. Ich habe meine Werte dafür geopfert, dass jemand in Zukunft diese Lächerlichkeit ein für alle Mal beendet und den Mut hat, seine Ambitionen nicht zu verraten und die schamvolle Lüge gegenüber sich selbst verhindert. Doch in diesem Anliegen habe ich mich in dir getäuscht."

Zornerfüllt brülle ich: „Du hast all deine Daten gesammelt, wieso veröffentlichst du sie nicht selbst? Stattdessen studierst du dieses Theater all die Jahre in deiner Kammer, nur um deine angeblichen Ambitionen nicht zu verraten. Stetiges Streben nach Geschichte und Wahrheit, das sind deine angeblichen Werte." Mit den Tränen kämpfend sage ich: „Wieso hast du deine Last auf mich übertragen?"

Entzückt durch meine letzte Aussage, antwortet Mithras: „Wie ich sehe, ist deine Flamme, getrieben von Ambitionen, noch nicht komplett erloschen. Dadurch hast du ein weiteres Mal meine strategische Planung gelobt. All deine Worte entsprechen der Wahrheit, ich habe alles in meiner Dunkelkammer geplant und obwohl ich alles hätte beenden können, habe ich gewartet. Zwei Feiglinge stehen sich gegenüber, welche in ihrer Handlungsunfähigkeit durch ihr Umfeld gelähmt wurden, obwohl wir uns selber dafür am meisten hassen. Ich wartete und ignorierte alle passenden Zeitpunkte, bis ich schließlich aus meiner Trance aufgewacht bin, um dich hier anzutreffen. Die fortschreitende Zeit hinterlässt ihre Narben. Welche Wirkung soll eine alte, komplett unbekannte Person hinterlassen? Ich bin aus meiner Showtime herausgewachsen, meine Blüte ist komplett verwelkt und kurz vor dem Absterben. Die junge Generation braucht einen neuen Showmaster, mit lautstarker Stimme. Du wirst dieser Showmaster nicht sein. Deine Stimme ist jedoch nicht verblasst, die mysteriöse Maske namens Sol, die durch dein Meisterwerk neue Hoffnung aufblühen lässt, wird auf Gehör treffen und man weiß nie, wie viele Steine dadurch losgetreten werden. Vielleicht fehlt nur noch eine letzte Aktion, um eine unaufhaltsame Lawine auszulösen? Aber wir beide werden das nicht beurteilen können. Ich überreiche dir diese Speicherkarte, auf dieser befinden sich eine exakte Kopie und noch mehr signifikante Skandale. Erfülle mir diesen letzten Wunsch, veröffentliche alles und transformiere dein Maskenauftritt zu einem tatsächlichen Martyrium!“

Traurig durchbreche ich die Stille und antworte: „Hiermit trennt sich ein für alle Mal unser gemeinsamer Pfad. Ich werde dafür sorgen, dass dein Wunsch in Erfüllung geht. Gibt es noch irgendwelche letzten Worte, die du mir mitteilen willst?“

Zustimmend spricht Mithras: „Die Kunst im Leben ist, den Mut zu haben, nicht gemocht zu werden. Denn warum sollst du von jemandem Kritik annehmen, wenn du von diesem jemand keinen Rat annehmen würdest?“

Nachdem letzten Satz nimmt Mithras seine Maske ab und ich sehe das entblößte Antlitz. Ich bemerke die weichen und runden Züge des spitzen Gesichts; und erkenne nur ein Spiegelbild meines Selbst. Durch ein verrücktes Lachen verschwindet die Schattengestalt. Mit schweren Schritten und noch schwereren Herzens verlasse ich den Schrein. Nie wieder werden sich Mithras und Sol gegenüberstehen, doch im letzten Augenblick sind wir zu unseren Fehlern gestanden. Er hat seine Aufgabe vollendet, nun liegt es an mir, sein Erbe anzutreten.

Ich erstelle Kopien der Speicherkarte und sende diese an die letzten unabhängigen Medien, welche mir bewusst sind. Schließlich setze ich meine Maske auf, halte meine gebrochene Tontafel in die Kamera und starte das Video. „Es ist so weit. Es ist Zeit, dass all die Lügen veröffentlicht werden!“ Am Ende schalte ich den Stimmverzerrer aus, nehme meine Maske ab, präsentiere mein Gesicht und verabschiede mich mit den Worten: „Euer unbesiegter Sonnengott Sol!“

Nach Abschluss der Nachbearbeitung verzögere ich das Veröffentlichungsdatum um eine Stunde. Daraufhin gehe ich zurück in das Tunnelsystem, nehme vor dem Computer Platz und verbinde mich mit allen öffentlichen Leinwänden und Nachrichten. Dann schalte ich eine Sondermeldung mit den letzten Worten von Mithras und den Speicherdaten. Schlussendlich zünde ich den Konferenzraum an und breche die Tür, die in das Regierungsgebäude führt, auf. Ich halte meine Maske fest an meinen Körper gedrückt, damit jede Kamera mein Gesicht und das Symbol aufnimmt. Ich platziere meine Maske auf dem Rednerpult und verlasse das Gebäude. Schnell verschönere ich noch die glänzende Fassade mit dem Symbol des Mithras – so wie es einst war.

Zu Hause angekommen, stöbere ich durch meine Notizen und finde den Zettel mit der Zeile:

„Wie kann man ein Monster besiegen?“

Lachend erkenne ich, dass ich selbst zum Monster geworden bin. Ich lege mich aufs Bett und sehe, wie das Damoklesschwert fällt …

Nachwort

In einer düsteren Zukunft, in der jede Information sorgfältig kontrolliert und manipuliert wird, wächst die Unzufriedenheit unter der Oberfläche. Die Menschen haben sich an die ständige Überwachung und die allgegenwärtige Propaganda gewöhnt, doch tief in seinem Inneren entflammt ein letzter Funke nach Freiheit und Wahrheit.

Mit jedem Schritt, auf der Suche nach der Wahrheit, riskiert man mehr als nur seine Sicherheit und je näher man dieser kommt, desto größer wird die Gefahr, der man sich aussetzt. Diese Reise ist geprägt von Misstrauen und der ständigen Angst entdeckt zu werden.

Die vorliegende Geschichte ist nicht nur ein Kampf gegen ein trügerisches Regime, sondern auch eine Erkundung der menschlichen Natur und des unerschütterlichen Wunsches nach Freiheit. Es ist eine Erzählung über Mut, Hoffnung und die Kraft der Wahrheit in einer Welt, die von Lügen beherrscht wird.

Setzen wir uns gemeinsam dafür ein, dass diese Warnung nicht in eine Katastrophe mündet!

– Anna Ploy

Wohin wird sich die politische Ausrichtung wenden? Diese Frage haben sich schon viele Menschen gestellt und ich behaupte, dass in den meisten Fällen die Vorstellung von der Realität abweicht. Wenn mir jemand vor sechs Jahren gesagt hätte, dass wir bald eine Pandemie, ein Jahr später Russland die Ukraine mit einer Großoffensive angreift und 2024 sich die Weltpolitik wieder in autoritäre Züge verirrt, hätte ich diese Aussagen schnell als Lügen abgestempelt und nun schau ich doch verunsichert in die Zukunft. Blühen die späten 1920er und 30er Jahr wie die Renaissance auf, kommen wir alle mit einem großen Schreck davon, oder werden wir uns danach mit Stöcken und Steinen bekämpfen?

Die Zukunft wird für unsere Generation ungewohnt, aber doch so bekannt sein. In der Geschichte ist es bestimmt schon niedergeschrieben. Die Präsidentschaftswahl in den USA wird auf jeden Fall ein ausschlagebendes Ereignis sein. Wie dem auch sei, wir werden nie alleine sein und es wird immer einen vereinten Widerstand von allen Seiten geben.

Die Geschichte ist ein umfassendes Nachschlagwerk. Natürlich dürfen andere Bücher niemals fehlen. Doch auch in Büchern sind oft falsche Wahrheiten niedergeschrieben; sei es unbewusst oder bewusst.

Danksagung

An dieser Stelle möchte ich mich bei allen helfenden Personen bedanken. Besonders bedanke ich mich bei meinem Coverdesigner Stefan Prodanovic. Außerdem muss ich hier noch die aktuell fragwürdige politische Lage in meinem Heimatland hervorheben, welche mir viele Ideen präsentiert und auch während des Schreibprozess schon teilweise bestätigt hat. Ich bin gespannt wie sich unsere Zukunft entwickeln wird...

Das Schreiben ist immer ein Herzensprojekt und deswegen gebürgt mein größter Dank allen Leserinnen und Lesern!

So endet mein erstes Buch. Selbstverständlich freue ich mich über eine Rezension.

Falls dich die Geschichte zum Nachdenken angeregt hat, dann trag deine Botschaft hinaus in die Welt und teile diese mit deinem Umfeld.

„Es gibt zwei verschiedene Arten von Menschen auf der Welt, diejenigen, die es wissen wollen und diejenigen, die es glauben wollen.“ – Friedrich Nietzsche

www.ingramcontent.com/pod-product-compliance
Lightning Source LLC
LaVergne TN
LVHW052007160826
845678LV00005B/1677

* 9 7 8 3 9 5 0 5 6 9 9 1 9 *